なさけ

〈人情〉時代小説傑作選

西條奈加／坂井希久子／志川節子
田牧大和／村木 嵐／宮部みゆき
細谷正充 編

PHP
文芸文庫

○本表紙デザイン＋ロゴ＝川上成夫

なさけ〈人情〉時代小説傑作選　目次

善人長屋

西條奈加

長屋へ戻るあいだ中、お縫《ぬい》は機嫌《きげん》が悪かった。

もやもやとした苛立《いらだ》ちは、いつの間にやら長屋についた、妙なふたつ名のためである。

「うちは千七《せんしち》長屋でしょう。とっつきに質屋千鳥屋《ちどりや》があるから千七長屋」

お縫はまじないのように、ぶつぶつとくり返した。

千鳥屋は、長屋の差配《さはい》であるお縫の父が、表店《おもてだな》で営む質屋だった。

「どうしたい、せっかくいい着物を着てるってえのに、えらくご機嫌ななめじゃないか」

呼び止めたのは、路地木戸をはさんで千鳥屋の隣にある、髪結い床《どこ》の半造《はんぞう》だった。

玉子色の地に、橙《だいだい》色《いろ》の大きな格子《こうし》柄《がら》の袖《そで》をついと引っ張って、お縫はため息をついた。

「あたしが拵《こしら》えた袷《あわせ》だから、お粗末なものよ。お針のお師匠さんに見ていただいたけど、縫い目がよろけ縞《じま》のようだと言われたわ」

お縫は重陽《ちょうよう》の挨拶《あいさつ》に、お針の師匠を訪ねた帰りだった。九月九日、重陽の節句には、習い事の師匠のもとへ挨拶に出向くのが慣《なら》わしとなっていた。

「それでぷりぷりしてたのかい」

　半造の狸顔《たぬきがお》がにやついた。ずず黒い丸顔と、小さな丸い目の下をくまどる半月型の皺《しわ》が狸そっくりなために、半造の店は狸髪結と呼ばれている。

「違うわ、おじさん。その後がいけなかったのよ。お師匠さんやお弟子《でし》の皆でおしゃべりしてたら、うちの長屋の話が出たの」

「悪い噂《うわさ》でも、たってるのかい」

　ほんの一瞬、半造の丸い目が常になくぎらついた。

「逆だわよ。うちの長屋は、差配も店子《たなこ》も情に厚い。そろいもそろってふたつ名の通り、気持ちの良い善人ばかりって、みんなに褒《ほ》めそやされたわ」

「なんだい、だったらむくれることもなかろうに」

　やれやれ、と半造は、すぐさま愛嬌《あいきょう》のある狸顔に戻ったが、お縫はむきになった。

「冗談じゃないわ。だいたい善人長屋なんてふたつ名は、どう考えたっておかしいじゃない」

　薄墨で刷《は》いたような幅広《はばひろ》の眉《まゆ》をつり上げて、小さな口からぽんぽんと言葉を放つ十六の娘を、半造は面白そうにながめている。

「仕方ねえわさ。近頃じゃそっちの方が通りがいいくれえだ」

「まさか、妙な呼び名を広めてんのは、おじさんじゃあないでしょうね」

「おいおい、そりゃ濡《ぬ》れ衣《ぎぬ》もいいとこだ。そいつぁ世間さまに文句を言ってくんな」

「あたしは人さまからその名をきくたんびに、空恐ろしいような気になるわ。善人どころか、差配のおとっつぁんもおじさんも長屋の衆も、そろって裏稼業《うらかぎょう》持ちの悪党だってのに」

しいっ、と半造が、口の前に指を立てた。

「声が大きいよ、お縫ちゃん」

「だっておじさん、よりによって悪党の住まいに善人長屋よ。皮肉としか思えないわ」

「よく考えりゃ、理の通った話さね。裏の顔が後ろめたいからこそ、そのはね返りでついつい日頃の行いは良いほうに片寄る。この名はいわば、おれたちの善行の賜《たま》物《もの》だよ」

物を知ったような口ぶりで、半造はすましている。

半造は髪結い床で集めた話を、盗人《ぬすっと》や騙《かた》りの衆に金で売っていた。頼まれれば外へ出て入用《いりよう》なだけ集めることもあり、その筋《すじ》に重宝《ちようほう》がられる情報屋《ねたもと》だった。

町飛脚の人避《ひとよ》けの鈴が、ちりんちりん、とはずむように鳴って、ふたりの脇《わき》を過ぎた。

「何か良い知らせが、届いたのかもしれねえよ」

飛脚が千鳥屋に吸い込まれるのを見届けて、半造は髪結い床へと戻っていった。

「お店に飛脚が来てたわね、どこかから便りがあって？」

家へ戻ると、ちょうど父の儀右衛門《ぎえもん》が、店から居間へ上がって来たところだった。

「いや、あれは裏店の空き間のことをききに来たんだ。入りたいって男がいるから、一度会ってみちゃくれないかと頼まれたが、もう決まっちまったからな、断わったよ」

父親が煙草盆《たばこぼん》を引き寄せたのを見て、お縫は茶の用意をはじめた。

「こんど裏店に入る人って、どういう人なの？」

剣呑《けんのん》な娘の口調に、儀右衛門が苦笑する。

五十を越えて渋さの増した容貌《ようぼう》に、なごやかな笑みを浮かべた父親は、たしかにどこから見ても真っ当な好人物にしか映らない。

それが余計に腹立たしいようで、知らず知らずに、ずけずけとした物言いになった。

「いくら古い知り合いの仲立ちでも、おとっつぁんはその人を知らないのでしょう？　もしも気質《たち》の悪い人に当たったら大変じゃない」

「三九《ざんく》の頭《かしら》の目に叶《かな》ったんなら、間違いはねえさ」

「頭とつくってことは、その人も盗人か何かでしょ？」

三州、つまり三河出身の九番目の倅《せがれ》であったために、三九と名乗ったその盗人は、数年前に腰を痛めて裏稼業から引退し、生国《しょうごく》に引っ込んでいた。

「いまどき滅多《めった》に見ねえような慈悲深いお方でな。親父《おやじ》が故買《こばい》をはじめて慣れねえ時分、厄介《やっかい》な品を押しつけられて難儀していたのを、助けてくれたのが三九の頭だ」

千鳥屋は儀右衛門の祖父が浅草《あさくさ》に開いた、結構大きな質屋であった。それが父の代に大水ですべて流され、この深川山本町、浄心寺裏に小体《こてい》な店を持ったのだ。店の金繰りにも事欠くその頃に、儀右衛門の母親が病《やまい》に倒れ、窮した父親は、危険を承知で盗んだ品物をあつかう故買に手をつけた。

「頭には、親子二代でずいぶんと世話になったもんだ」

「でも、泥棒だったんでしょ」とお縫はにべもない。

「けんつくとうるさい子だねえ。そんなんじゃ嫁に行っても亭主に逃げられちまうよ」

二階で単衣《ひとえ》の始末をしていたらしいお俊《しゅん》が、居間に顔を出した。襟足《えりあし》に手をやりながら畳《たたみ》に横座りする姿は、子を三人産んだ四十代の女とは思えぬほどに婀娜《あだ》っぽい。器量の良さに加え、昔の水茶屋勤めの名残《なご》りもあろうが、母親に漂うものは、やはり生来のものなのだろう、とお縫は常々思っている。色気のある女というのは、足の裏までなまめかしい。

この母親にいちばん似たのは、お縫のすぐ上の兄である。この兄は茶問屋の婿養子《むこよう》《し》になり、上の姉も早くに嫁《とつ》いだ。末っ子のお縫は、あいにく母親とは姿も気性も似ていない。早くにそれに気づき、そっちのほうはさっさと諦《あきら》めたお縫は、自他ともに認めるしっかり者の娘に育った。

「あたしは心配しているだけよ。長屋の誰かがお役人に捕まれば、芋蔓《いもづる》みたいにあげられて、長屋中みんな一緒に伝馬町《てんまちょう》送りになっちまうのよ」

たいそう真っ当な娘の言い分に、夫婦が目顔で笑い合う。

「ここへ来る男は、三州赤坂の錠前破りだとさ」と儀右衛門が、旨《うま》そうに煙を吐いた。

三州赤坂宿は、日本橋《にほんばし》から数えて三十六番目にあたる、東海道の宿場町だ。

「錠前破りだなんて、掛け値なしの盗賊じゃない。いま長屋にいる掏摸《すり》、こそ泥とはわけが違うわ」と、たちまちお縫が色をなす。

「だが頭の便りによれば、うち向きの男だよ。年は三十二。決まった頭につかず、納得ずくの仕事しか受けねえ。無口でおとなしい職人肌の男だそうだ」

「職人肌ねえ……」お縫が皮肉な調子で返す。

「そいつが関わった盗人一家がお縄になってな。だらしのねえ子分の口からそいつのことが漏れちまって、しばらく三州を離れたほうがいいと、三九の頭が勧めたんだ。江戸にやるから面倒を見ちゃくれねえかと、便りが届いた。ちょうど源平爺《げんぺいじい》さんが田舎《いなか》に引っ込んで、路地奥のひと間が空いたから、すぐに頭に文《ふみ》を書いたのさ」

「折がいいとは、このことだわね」と、お俊が呑気《のんき》に応ずる。

「いいもんですか。それって凶状持ちってことじゃないの！」

「ほんとにおまえって子は……」

とため息をついたお俊が、背筋をしゃんと伸ばしてお縫を正面から見据《みす》えた。

「いいかい、おとっつぁんがこの長屋にそういう生業《なりわい》の者を置くようになったのは、もとはと言えば人助けなんだよ。皆それぞれ裏の稼業は違っても、続けているにはそれなりの理由《わけ》がある。おまけに徒党《ととう》を組むのを嫌うから、なんの後ろ盾もありゃしない。そういう連中が、おとっつぁんを頼って来てるんだ。無下《むげ》に断わるのは、あまりにも情けに欠けるってもんだろうさ」

お俊にこんこんと説教されて、お縫はしょうことなしにそれ以上の口答えを慎んだが、

（悪党でいることこそ、情けないというものじゃないの）と内心で呟《つぶや》いた。

儀右衛門は、ことさら節介を焼く性分ではなく、向こうから言われるまで黙って放っておくような男だが、頼られれば面倒は見るし相談にも乗る。

一匹狼《おおかみ》のような連中には、それがかえって具合が良いのだろう。類は友を呼ぶのごとく、最初に長屋に置いたひとりを皮切りに、横繋《よこつな》がりにひとり増え、ふたり増え、いつのまにやら七戸の貸し店すべてが、裏稼業持ちで埋まってしまった。

かくして千七長屋は、店子の悪人たちにとっては、非常に居心地の良い住処《すみか》となった。

その日の夕暮れ時のことだった。ひとりの男が、お縫の家の玄関に立った。

「どちらさまですか」

相手を見てすぐに、お縫はぴんときた。

(これは根っからの善人だ。腹ん中に何にも持っちゃいない人だ)

初めて見る相手を瞬《まばた》きする間に判じてしまうのは、習い性のようなものだ。

三十過ぎの煤《すす》けた身なりの男だが、暮らしの賤《いや》しさは見えない。まるで長旅から戻ったように、汗ばんだからだ中に埃《ほこり》を張りつけ、くたびれた笠《かさ》を首から背中にぶら下げている。小さな風呂敷《ふろしき》包みを負ってはいるが、縞の単衣に草鞋《わらじ》ばきの軽装だった。

「あのう、こちらが長屋の差配さんときいたもんで、ここの空き店のことで……あっしは赤坂で錠前屋をしていた、加助《かすけ》ってもんですが……」

あっ、と胸の内でお縫は叫んだ。思わずまじまじと相手を見詰める。お縫の視線に射竦《いすく》められて、急におどおどしはじめた男は、とても凶状持ちの錠前破りには見えない。

「……あなたのことは、おとっつぁんからきいてます」

「そうですか！」

男がようやく、ほっとしたように表情をゆるめた。柳の葉のような目が、福笑いのおかめのように垂れ下がり、ますます福々しい顔になる。

（たしかに、うち向きの人かも知れない……また善人長屋の評判が上がりそうだわ）

己《おのれ》の眼力でも悪人と見抜けなかったことが癪《しゃく》にさわり、そんな皮肉を胸に上《のぼ》せた。

「もう着いちまったってのかい？　そりゃあ、えらく早いじゃねえか。頭の便りには、今月の二十日過ぎになるだろうと書いてあったがな」

店に出ていた儀右衛門は、お縫から話をきいて仰天《ぎょうてん》したが、玄関の上がり框《かまち》にちんまりと尻《しり》を乗せた、まるで置き忘れの荷物のような加助の姿に声を落とした。

「可哀相《かわいそう》に。あのようすじゃあ、いよいよ危ない目に遭って、着のみ着のまま逃げて来たのかもしれねえな」

儀右衛門は加助に茶を一杯飲ませると、とりあえず近所の湯屋へ行かせた。

「それにしても困ったたな。こんなに早く来るとは見当になかった。まだ空き店の仕《し》度《たく》が何もできてねえやな」

掃除《そうじ》はともかく、障子なぞも張り替えるつもりでいた。明日総出で片づけて、晩までには住めるようにしてやろうと請け合って、儀右衛門はその晩、加助を家に泊めることにした。旅の疲れが出たものか、湯屋から戻った加助は、晩飯も待たずに早くも舟をこぎ出した。

「よっぽど疲れてたんだねえ。あっという間に寝入っちまったよ」

床を伸べた二階のひと間に案内したお俊が、居間へ戻ってそう告げた。

その晩遅く、千鳥屋をふたりの男が訪れた。

片方は長屋の店子、安太郎《やすたろう》だったが、その後ろに立つ壮年の男に、儀右衛門が声をあげた。

「これは浜屋《はまや》さん、いったいどうしなすった」

浜屋長兵衛《ちょうべえ》は大病でも患《わずら》ったかのように、げっそりと憔悴《しょうすい》しきっている。

「いましがた新大橋の上で兄《あに》さんとばったり会ったんですが……ちょいと面倒を抱《かか》え込んじまったようで、ひとまず旦那《だんな》に相談してはどうかと連れてきちまったんでさ」

安太郎はそう言った。安太郎の表稼業は小間物のかつぎ売りで、一方の浜屋は神田で小さな塩物問屋を営んでいる。だがこのふたりは以前、同じ大きな掏摸仲間にいた間柄だった。

長兵衛はかれこれ十年以上前、父親が亡《な》くなったのをしおに家業を継いで足を洗い、安太郎も九年前に仲間とは縁を切り、ひとりで巾着《きんちゃく》切りをやっていた。

「おれが仲間を抜けるには、旦那と兄さんには一方《ひとかた》ならねえ世話になった。その兄さんに難儀がかかってるとあっちゃあ、見過ごすわけにいきやせん」

安太郎がここへ来た経緯《いきさつ》は、お縫も両親の話の端々からきき知っていた。

ふたりのいた掏摸仲間には稼ぎの七割を納める決まりがあったが、安太郎にはそれを惜しむ理由があった。吉原《よしわら》女郎と惚《ほ》れ合って、せっせと通っているうちは良かったが、女が病を得たことで気が急《せ》いた。もともと高位の遊女ではなく、さらに病持ちとあっては、吉原でももっとも劣悪な羅生門河岸《らしょうもんがし》なぞに沈められるのが常道だ。

長兵衛が抜けたときはかなりの金子《きんす》を積んだ上、親分に長年仕えた功績もあり、ことさら揉《も》めることもなかったが、下《した》っ端《ぱ》だった安太郎はそう簡単には行かなかった。

「お信《のぶ》を請け出してえ一心で兄さんに泣きついちまったが、すでに堅気《かたぎ》の商人となっていた身には厄介な話だ。関わりねえと突っぱねられる覚悟でいたのに、兄さんは親身になってくれた」

「知恵を出してくれたのは、千鳥屋さんだ」

「だが、あのやり方が果して良かったかどうか、いまでも考えることがあるよ」

当時を思い出したのか、儀右衛門と長兵衛は切ない顔で安太郎をながめた。

策を講じた儀右衛門自ら、やはりやめたほうがと何度も止めたが、安太郎はやると言い張った。その策とは、安太郎に三度続けてへまをさせ、町方に捕縛させるというものだ。

掏摸は三犯までは入墨か敲《たた》き放しで、死罪にならない。これは相手を傷つけぬことに加え、掏《す》られる側にも油断があるとされるからだ。

三度目に赦免された安太郎を伴って、長兵衛は掏摸の親分に会いに行った。

『どうもこいつは吉原女郎に入れあげて、まともな心持ちでいれねえようだ。このまま稼業を続けさせても早晩捕まる。そうなれば気持ちの弱ったこいつから、仲間のことが漏れねえとも限らねえ。今回の請け人として、この長兵衛を名指ししたのがいい証《あかし》だ』

堅気に馴染《なじ》んだ己にとっても、安太郎は厄介きわまりない。この際足を洗わせて、自分の目の届くところに置いたほうが、お互い枕《まくら》を高くして寝られよう。掏摸の親分をそう説き伏せて、安太郎の請け代として、それなりの金も支払った。

「おかげでおまえさんの腕には、消えない三本線が残っちまった」

「なに、こいつはあっしの誇りみてえなもんでさあ」

安太郎が袖をまくりあげ、腕の入墨をぴしゃりと叩《たた》いた。

仲間を抜けた安太郎は、稼ぎに稼いだ。次に捕まれば後がない、とあわてたのは儀右衛門と長兵衛だ。結局ふたりは不足の金を折半して貸し与え、お信を身請けさせることにした。

安太郎は小間物商《あきな》いと巾着切りの二足の草鞋で、未《いま》だに金を返し続けている。

「二年ばかりのあいだでしたが、ここでお信と夫婦《めおと》の暮らしができて、あいつを看《み》取《と》ってやることができやした。おれにはもう、何の心残りもありやせん」

「あたし、お信おばさんのことは、よく覚えてるわ」

お俊が酒と肴《さかな》を並べるのを手伝いながら、お縫がそう切り出した。

「戸口や縁から顔を出すと、お信おばさんが笑ってくれて、それが嬉《うれ》しかった。ほとんど寝たきりだったのに、いっつもにこにこして、おばさんみたく幸せそうな病人《やまいにん》て他にいなかった」

お縫がにっこりして、ひとしきり安太郎とお信の思い出話に花が咲いた。

「いまでもおばさんの顔を思い浮かべると、なんだか慰められたような心地になるわ」

「お縫ちゃんにそう言ってもらえれば、あいつも生きた甲斐《かい》があったってもんだ」

有難うよ、と頭を下げた安太郎が、ふいに息を止めた。

「誰だ？」

ふり向きざまに安太郎は、縁に向いた障子を音立てて開いた。

「加助さん！」

お縫がびっくりして腰を浮かせる。

「す、すいやせん……立ち聞きするつもりはなかったんですが……」

「源平さんのいた空き間に入る、加助さんよ。こっちの仕事は、錠前屋さん」

お縫が紹介すると、安太郎は、へえ、と加助をながめ、怪訝《けげん》な顔でたずねた。

「で、おめえさん、なんだって泣いてるんだ？」

加助は寝小便をたれた子供のように、顔を涙と鼻水でぐじゅぐじゅにしていた。

儀右衛門夫婦と長兵衛も、大の大人《おとな》がほいほい泣くさまに呆気《あっけ》にとられている。

「へい、あんまりいい話だったもんで、つい……いまのは、おめえさんの話ですかい」

　加助がにじり寄り、がっと安太郎の手をとった。

「そ、そうだが……」

　涙だか鼻水だかで、べたべたの手に握られて、安太郎が顔をしかめた。

「あっしも嬶《かかあ》を亡くして間がねえもんで、あんたの辛《つら》い気持ちはよおっくわかる！」

「そりゃ、どうも……」

「とても他人事《ひとごと》とは……いや、他人とは思えねえ。きっとあっしとあんたには、前世から縁があったに違いねえ。今日からはあっしを身内と思って、何でも言っておくんなさい」

　どう答えていいものか、途方に暮れた安太郎が、儀右衛門に目で訴えた。

「ああ、すっかり話が逸《そ》れちまったな」

　ようやく本題を思い出し、儀右衛門は長兵衛に仔細《しさい》を話すよう促《うなが》した。

　泣くのをやめた加助は、一転してにこにこしながら、当然のように安太郎の脇に陣取った。

「実は、娘のお小夜《さよ》のことで、困ったことになってしまってな」

「お小夜ちゃんならたしか、どこやらの大店《おおだな》に嫁入りが決まったんじゃなかったかい？」

「ああ、うちが塩物を卸してもらっている、日本橋小舟町の乾物問屋、玄海屋《げんかいや》の若旦那からぜひにと話があってな。あっさりまとまったんだが、祝言《しゅうげん》間近になって大変なことがわかったんだ。お小夜が……」

と長兵衛が言い淀《よど》む。

「実は……身籠《みご》もってるんだ……」

儀右衛門をはじめ、一同に目を丸くされ、長兵衛が肩をすぼませる。

「そいつは、そのう、乾物屋の若旦那の子じゃあ……」

「そうじゃないんだ。まるきり違う男の種でな、相手は近所に住む仏具職人だ」

仏具は細工《さいく》の難しいものが多く、一人前になるにはそれだけ年季が要る。お小夜とその職人とは惚れ合っていたが、所帯を持つにはまだ何年もかかる。そんなとき、玄海屋の若旦那との縁談が持ち上がった。職人はお小夜の幸せにはその方が良かろうと黙って身を引き、お小夜が泣いて頼んでも考えを曲げなかったという。

「その職人と最後に会ったのが三月《みつき》前らしい。そいつのことは、お小夜があたしらに隠していたもんで、話をきくまで何も知らなかった。まったく親として恥ずかしい限りだ」

「てことは、お腹《なか》の子も三月は経《た》っちまってる。そのまま嫁がせても、それじゃあすぐに、相手の若旦那にばれちまうねえ」

「おっかさんたら、何てことを言うのよ」と、お縫がきき咎《とが》める。

「とりあえず急な病ということにして、祝言を日延べしているが、相手は矢の催促でな」

「お小夜ちゃんは評判の小町娘だからな。若旦那がそれだけ熱を入れているなら、破談となればただでは済むまい」と儀右衛門が、渋い顔になった。

「その通りだ。浜屋の商いが立ち行かなくなるのはもちろん、玄海屋は気の荒い船《ふな》人足《にんそく》なんぞも抱えているから、店ごと袋叩きにされかねない。細々とながら四代続いた塩物屋を、あたしの代で潰《つぶ》してしまうかと思うと、首を括《くく》ってもご先祖さまに合わす顔がない」

　塩物屋は干鱈《ひだら》や塩鮭《しおざけ》といった魚の干物塩物の商いで、神田岩本町にある長兵衛の浜屋は、その一切を大店の玄海屋から仕入れていた。

「こいつはたしかに難儀なことだな」と、腕を組んだ儀右衛門が瞑目《めいもく》した。

お俊が気遣《きづか》わしげにたずねた。「それで腹の子の父親は、どう言ってるんです？」

「向こうもお小夜を諦めきれなかったらしく、事情《わけ》を話したところ、てめえに意気地がなかったせいだとひどく悔いていてな。子供ができたのならなおさら、貧乏はさせるかもしれないが、どうにかして親子三人踏ん張ってみせると、お小夜ともども頭を下げられた」

「そいつは何としても、親子三人幸せに暮らせるように、してやらなけりゃあいけません」

ずい、と膝《ひざ》を進めたのは、新参者の加助だった。

「やっぱり、貧乏してでも一緒に暮らすのが何よりです」と、加助に力が入る。

「おとっつぁん、何か良い考えは浮かばない？」

そうさなあ、と儀右衛門が、顎《あご》をなでながら天井《てんじょう》を向いた。

「長屋のみんなに力を貸してもらえば、できるかもしれないね」

お俊の案に、安太郎が膝を打つ。

「それならたしかに色々やりようはあるかもしれねえ。若旦那をいかさま博打《ばくち》の餌《え》食《じき》にして嫁取りどころじゃなくするとか、あるいは商いに使う判子《はんこ》を盗み出して大《たい》枚《まい》の借金を負わせる……いや、いっそのこと玄海屋を丸ごと焼いちまうほうが、手っ取り早えかもしれねえな」

「それはいけねえよ！」

皆がぎょっとするほどの勢いで、加助が叫んだ。

「いくら人助けとはいえ、悪事に手を染めちゃあ、人の道に外れるってもんだ」

「……同じ穴の悪党が、いまさら何を言ってやがる」と、安太郎が口の中でぼやく。

「人の不幸を踏み台にしたとあっちゃあ、そのお小夜さんだって立つ瀬がねえです」

この長屋ではとんと耳にせぬ、ひどく立派な言い草に、皆は再びぽかんと加助をながめていたが、お縫は何やらうなじの辺りがさわさわと鳴るように感じた。着物を左前に着てしまったような、何かとんでもない掛け違えをしている、そんな気がしてならなかった。

「いや、たしかに事を荒立てれば後々面倒だ。要は若旦那のほうが、お小夜ちゃんを袖にすれば済むことだ」とうなずいた儀右衛門は、安太郎に使いを頼んだ。

まもなく髪結いの半造と、やはり長屋に住まう唐吉《とうきち》、文吉《ぶんきち》の兄弟が顔を出した。

文吉はお縫の横に座るなり、にやっと笑った。

「へえ、それがよろけ縞の着物か。たしかに格子が波打っているようにも見えらあ」

お縫はぷうっと頬《ほお》をふくらませた。余計なおしゃべりは、半造の仕業《しわざ》に違いない。

「文吉、口が過ぎるぞ。いい着物じゃねえか、お縫ちゃん、よく似合ってる」

文吉に赤んべえをしていたお縫は、唐吉の言葉に思わず真っ赤になってうつむいた。文吉はそれをまた、面白そうにながめている。

外見はまるで似ていない兄弟だった。二十二になる兄の唐吉は、上背《うわぜい》があり顔もからだも精悍《せいかん》な印象だが、三つ下の文吉は小さく華奢《きゃしゃ》で、涼しげな顔に、どこか人を食ったような薄い笑みを浮かべている。

「旦那、玄海屋なら手加減なんざ要りませんや。廻船問屋の後ろ盾があるのをいいことに、ずいぶんと阿漕《あこぎ》な真似《まね》をしている店だ。そうでございましょ、浜屋の旦那」

儀右衛門があらましを語ると、半造がにやにやし出した。

「たしかにそういう噂は多いが、あの辺りで玄海屋の不興を買っては商いはできないよ」

「とにかく、お小夜ちゃんが新しい暮らしをはじめられるようにしてやるのが何よりだ。そこでな、唐さん、文さん。ひとつ、おもんさんを貸してもらえないか」

「おもんをですかい？　そいつは構いませんが」と、唐吉が答える。

　この唐吉、文吉の兄弟は、折々に仕入れた季節物を売り歩きながら、裏ではおもんを使って美人局《つつもたせ》をしていた。おもんがたぶらかした地位や名のある男のもとへねじ込んで、世間にばらされたくなくば、と金品を脅《おど》し取るのである。

「そういやあ、おれは、おもんさんの顔を拝んだことがねえな」と安太郎が言い出した。

「なんなら、ひとっ走りしてここへ連れてきますかい」

「えっ、これから？」

　お縫は咎めるように、応じた文吉をふり向いた。

「なんだ、お縫坊はおもんが嫌いかい？　ひょっとして焼《や》き餅《もち》ってやつか？」

「何であたしが、おもんさんに焼かなきゃならないのよ！」

「いい加減にしないか、お縫。唐さん、文さん、せっかくの折だ。久方ぶりにおもんさんをお披露目しちゃくれないか」

「お安い御用で。それじゃあ旦那、ちょいと待っててておくんなさい」

　やがて、唐吉に連れられて座敷に入ってきたおもんに、一同が息をのんだ。

「こいつぁ、すげえ。こんないい女見たことがねえ」

ふわあ、と安太郎がため息をつく。

誰もがはっとするような華のある美貌《びぼう》だが、それでいて清楚《せいそ》な佇《たたず》まいがある。触れればたちまち霞《かすみ》となって消えてしまう、水で拵えた花のような儚《はかな》さは、男の欲と妄想を限りなく煽《あお》る。お俊のような色香とはまた違う危うさが、おもんにはあった。

幾度か目にした女のお縫でさえ、毎度《まいたび》目が張りついてしまうほどだ。初顔合わせの加助なぞ、あんぐりと口をあけ、瞬きも忘れて見入っている。無遠慮な視線に晒《さら》されて、おもんが恥ずかしそうにうつむいて、その拍子《ひょうし》にちらりとお縫と目が合った。

たちまち頬がかっと火照《ほて》ったことが悔しくて、お縫はぷいと居間を出た。

「あれじゃあ、焼き餅と言われても仕方がないね」と、お俊がおかしそうに呟いた。

翌日、加助は無事に長屋に収まり、その日から儀右衛門たちはさっそく動き出した。

狸の半造が玄海屋と若旦那の周辺を調べ上げ、それをもとに儀右衛門が筋書きを立てた。実際に働いたのは、掏摸《すり》の安太郎と美人局の兄弟だ。

「おとっつぁん、浜屋さんの件、どうなって？」

毎日のようにたずねるお縫に、儀右衛門が苦笑した。

「そう焦《あせ》るもんじゃねえさ。まあ少なくとも、ひと月くらいはかかるだろうよ」

だが事の進み具合は、儀右衛門の見通しよりも早かった。はじめて十日も経たぬうち、それまで浜屋に日参し、祝言の催促をしていた若旦那の足が止まった。それからさらに十日の後、半造が報《しら》せにやって来た。

「いやあ、おもんの腕前にはたまげやした。若旦那はもう火照った水母《くらげ》みてえな按《あん》配《ばい》で、息子に甘い玄海屋の主人もついに折れやした。今日、玄海屋が浜屋へ出向き、親子そろって土下座して破談を申し入れたんで」

「そうか、首尾良く行って何よりだ。それじゃああとは仕上げにかかろうか」

「そっちの方も、すでにあの兄弟が動いてまさあ」

「それでおじさん、どうやって玄海屋の若旦那を諦めさせたの？　おとっつぁんたら、事が済むまでって言って、ちっとも教えてくれなかったのよ」

お縫は身を乗り出すようにして、半造に話をせがんだ。

「別に込み入った仕掛けは何もねえさ。若旦那がお小夜ちゃんからおもんさんに心変わりをするよう仕向けただけさ」と、儀右衛門が笑った。

玄海屋の若旦那は、毎日のように浜屋のお小夜を見舞い、祝言をせっついていた。

儀右衛門はその道筋にある茶店の縁台に、おもんを座らせた。こうしておけば若旦那は、行きと帰りの二度、必ずおもんを目にすることになる。

あれだけ人目を引く美人だ。最初の日から、おもんは若旦那の目に止まった。それが二日続き、三日続きしたが、若旦那も見知らぬ女に声をかける度胸はないらしく、おもんをちらちらと見ているだけだった。おもんの方も、こちらを見る若旦那と目が合うと、恥ずかしそうに顔を伏せるだけでいた。

そして四日目、おもんに見惚《みと》れている隙《すき》を狙《ねら》い、安太郎が若旦那の財布を掏《す》り取った。

この仕掛けの頃合は、若旦那のようすを見ていた唐吉と文吉が計ったものだ。

「あの、もし」

声にふり返った若旦那は、目の前におもんがいることにぎょっとした。

「これを、落とされませんでしたか？」

おもんが手にしているのは、安太郎から渡された若旦那の財布だ。

色白の顔を上気させ、礼を述べた若旦那が、びくりと震えた。財布を渡すおもんの掌《てのひら》が、若旦那の手の甲に吸いついていた。一瞬のことではあったが、そのなまめかしさに、若旦那の喉《のど》がごくりと鳴った。おもんはほんのわずかのあいだ、若旦那をひたと見詰め、「では、私はこれで……」と足早にその場を去った。

それから三日のあいだ、おもんは茶店に現れなかった。若旦那は何やら落ち着かないようすで、浜屋を訪ねてもお小夜の顔も見ずに帰ることもあった。

その次の日も、やはりおもんの姿はなく、ため息をつきつき浜屋へ出向いたその帰り道。あの茶店に、おもんの姿があった。三日間、おあずけを食らった犬のような有様で、先日の礼を述べるという口実もある。若旦那は、迷うことなくおもんに声をかけた。

「しばらく姿が見えないので案じていました。今日はぜひとも、この前のお礼をさせて下さい」

度胸のない男に限って、名目さえあれば、いくらでも図々《ずうずう》しくなるものだ。

その辺りではいちばん高いと評判の料理茶屋に落ち着くと、若旦那はいまにも目玉が落ちそうなほどに目尻《めじり》を下げて、おもんがぽつりぽつりと話す身の上話にききいった。

「今年の春に、桶《おけ》職人だったおとっつぁんが長患《ながわずら》いの末に身罷《みまか》って、看病やつれのおっかさんも、後を追うように亡くなりました。私は運良く、さる旗本屋敷へ女中奉公する口があり、そちらに住み込んでおりましたが……」とおもんが、着物の袂《たもと》で顔を覆《おお》った。

「どうしなすった」

おろおろする若旦那の前で、おもんが、よよと泣き崩れる。

「……お屋敷の大殿さまが、妾《めかけ》になれと」

「大殿さまですって……ということは……」

「はい、もう七十二のお年で」

「そんな狒々《ひひ》爺《じじい》に、あなたのような方が汚されてはいけません！」

若旦那の胸に、義憤という金襴緞子《きんらんどんす》をかけられた色欲が、むらむらとわき起こる。

「ですが、お屋敷を追い出されては、私は行く当てもなく……」

「私がいます。どうか私に、あなたの面倒を見させて下さい」

涙でうるみ、艶《つや》の増した瞳《ひとみ》で、おもんが意味有りげに男を見やる。

「私に、若旦那の妾になれと……？」

「えっ、いや……そういうわけでは……」

「……私、きいてしまいましたの。若旦那の財布を拾った翌日、あの茶店に行って。大きな乾物問屋の若旦那だということも、近々どこぞのお嬢さまと祝言をあげるということも。所詮《しょせん》、私のような女が思い詰めても詮ないお方と諦めて、そのまま帰りました」

「……おもんさんが、あたしを……？」

「どうぞ、お忘れください」

　失言に初めて気づいたかのように、おもんが頬を染める。

「忘れるなぞとんでもない。おもんさんが、ほんとにあたしのことを……？」

「……はい、父の月命日に、初めてお見掛けしたときから、ずっと……。どうにも忘れ難くて、次の日もその次の日も、お屋敷を抜けてあの茶店に足を運びました。……さぞかし、はしたない女とお思いでしょうね」

　この一言で、あれほど執着していたお小夜の姿が、若旦那の頭から消え去った。

　若旦那ののっぺりとした色白顔は、女には受けが良い。それを己で承知していた若旦那の自惚《うぬぼ》れが、隙になった。おもんの言葉を、毛筋ほども疑おうとしなかったのだ。

「で、祝言は御破算になって、おもんさんが逃げてお仕舞いというわけ？」

「そこは儀右衛門の旦那の考えなさることだ、抜かりはねえわさ」

「おもんさんがそのまま逃げたんじゃあ、浜屋さんに疑いを抱くかもしれねえからな」

ゆったりと煙管《きせる》をくわえた儀右衛門の横で、半造が種を明かす。

「おもんはな、もうひとり別の男を引っかけているんだよ。安積《あさか》の治五郎《じごろう》ってえ、何十人も子分を抱える香具師《やし》の元締《もとじめ》でな、荒っぽい上に女癖《おんなぐせ》が悪いんで界隈《かいわい》じゃ評判の男だ。あの兄弟の代わりに、こいつに美人局をやらせようというわけさ。おそらく近々のうちに、おもんには金輪際《こんりんざい》手を出すなと、奴《やっこ》さんが玄海屋にねじ込んでくれるだろうよ」

いかにも楽しみなように、半造の狸顔が笑み崩れた。


その数日後、宵闇《よいやみ》が辺りを覆った時分だった。

お縫が店先で暖簾《のれん》を片づけていると、小さな足音が近づいてきた。ふり向いたお縫の脇を、風のようにすり抜けて、濃紫《こむらさき》の碁盤縞の袖が舞った。

「おもんさん！」

お縫が小さく叫んだとき、おもんの姿はそのまま店の奥に消えていた。

同時に、「いたぞ！　こっちだ！」と声が響き、闇の中から数人の男たちが現れた。

「おい娘、いまこの店に女が入って行ったろう。おめえ、あの女とどういう関わりだ」

相手にたしかめるまでもなく、その風体《ふうてい》と柄の悪さから、安積の治五郎の子分に違いないとすぐに知れた。それならお縫も、腹を括らなくてはならない。

「関わりなんてあるもんですか。一体なんなんです、あの人は？　人の家に勝手に上がり込んで、とっとと連れて帰って下さいな」

中にいる両親にきこえるように、お縫は大声でまくし立てた。

「おめえ、本当にあの女を知らねえのか？」

男のひとりが、お縫に顔を近寄せてすごんだ。お縫はわざと身をすくませた。男に怯《おび》える小娘に見えるよう、震える声でお縫は答えた。

「し、知りません……あんなきれいな人、この辺りじゃ見たこともありません」

そのとき、店の奥から儀右衛門が現れた。「おい、お縫、いま若い娘が……」

あとの言葉をのみ込んだ儀右衛門は、小心な質屋店主の顔を作っている。

「若い女が、どうしたんでぃ、とっつぁんよ！」

「……い、いきなり、家ん中にとび込んできて……そのまま脇の玄関から出て行きました」

「なんだとぉ！　おい、そっちにいねえのか！」と、男が外へ向かって怒鳴った。

「こっちは見張っていやしたが、この木戸からは誰も出ちゃいやせんぜ」と声が返る。

「おい、親父、女を匿《かくま》ったりしたら、安積の治五郎一家が容赦しねえぜ」

「匿うなど滅相《めっそう》もない！　お疑いでしたら、どうぞ家の中をお検《あらた》めください」

男たちは遠慮なく家探しをはじめた。外では別の子分たちが、おもんの名を叫びながら長屋中を調べている。階段下にいた男たちが二階へ目を向けたとき、上からお俊と文吉が降りてきた。

「一体全体、こいつはなんの騒ぎだい？」

文吉がきょとんとしてみせる。その姿にほっとして、お縫の膝から力が抜けた。

「あの女が路地を抜けて逃げて行くのを、長屋の店子《たなこ》のひとりが見てやした！」

家の中に駆け込んで来た子分のひとりがそう叫び、たちまち男たちが外へとび出した。

思わず顔を見合わせたお縫と文吉が、あわてて後に続く。

「おい、おめえ、本当におもんを見たんだろうな！」

がたがた震えながら男に詰問《きつもん》されているのは、新入りの加助だった。

「へ、へい……お、おも……女が路地を駆けてきて、家の前を通ってそっちに……」

加助は長屋のどん詰まりを指差した。低い石塀にさえぎられ、そこから先は、浄心寺の敷地になる。女は石塀を越えたと加助が告げると、兄貴分らしい男が舌打ちした。浄心寺は広大で、どっちに逃げたか方角さえ定まらない。

「今日のところは引き上げるが、そのうちまた顔を出すかもしれねえぜ」

凄味《すごみ》をきかせた捨て台詞《ぜりふ》を残し、子分たちは出て行った。それまで震えながら突っ立っていた加助が、支えを失った朝顔の蔓《つる》のように、へなへなと尻をついた。

「おっさん、有難うな、おかげで助かったぜ」と文吉が、加助の前にしゃがみ込んだ。

「おもんさんを逃がさなけりゃと必死で……あんな大嘘《おおうそ》ついたのは生まれて初めてだ」

「そりゃ、ずいぶんと恵まれてらぁな」と、文吉が破顔する。

「それよりも、おもんさんは大丈夫なのかい？　今日はうまく逃げ果《おお》せても、また連中が来たりしたら……」

加助は無事をたしかめるかのように、お縫と文吉に首《こうべ》をめぐらせた。

「それなら心配なくってよ。ねえ、おもんさん？」とお縫が呼びかけた。

「ああ、おもんなんて女は、この世のどこにもいやしねえからな」

「え？　え？　だって、あの晩たしかに……」

「まだわからない？　おもんさんはね、この文吉さんが化けたものなのよ」

「えええええっ！　まさか……そんな……」と目を皿のようにして、加助が顔を寄せる。

「よせやい、顔に穴があいちまう。どうだい、すげえ化けっぷりだろ？　飽きるほど試してみたけど、これまで一度も男だとばれたことはねえんだぜ」

「危ないとこだったけど、さっきの連中にも、それだけはばれちゃいないようだしね」

「相手の男にからだを触らせねえようにするのが勘所なんだ。その辺りはおれの腕の見せどころよ。声だってひっくり返せば、女そっくりの声音《こわね》になるんだ」と文吉が悦《い》に入る。

「……女のふりをするなんて、何だってそんな真似を」

「おれと兄貴の退屈しのぎさ。おもんが男だとも知らねえで、鼻の下伸ばしてる野郎どもを腹ん中で笑ってやるんだ」

合点《がてん》のいかぬ困り顔で、加助はじいっと文吉を見ている。文吉が、苦笑いを浮かべた。

「まあ、強《し》いて言えば、意趣返しみてえなもんよ。親父が博打《ばくち》狂いでな。借金の形《かた》に兄貴を陰間《かげま》茶屋に売ったのさ。二年経って、今度はおれが同じ茶屋行きになった」

男娼《だんしょう》である陰間は、女の形《なり》をさせられることが多く、文吉もそこで女装を覚えた口だ。

「兄貴がすぐにおれを連れて逃げてくれたもんで、たいして客は取ってねえ……って、何泣いてんだよ、おっさん」

「可哀相に、子供のうちからそんな苦労をしたもんで、ぐれちまったんだなあ」

と、加助がいきなり文吉に抱きついた。支えきれずに文吉が、地面に尻をつく。

「うわあっ、おっさん、おれ衆道《しゅどう》の気《け》はねえんだよっ」

「可哀相に、可哀相にな。けど、若い身空《みそら》でそんなに世を拗《す》ねちゃいけねえ。苦労を越えて真っ当に生きてこそ人の道ってもんだ。女に化けるなんて悪戯《いたずら》はもうしねえでくれ」

どうすりゃいいんだ、と言うように、文吉が当惑顔でお縫を見上げた。

加助を宥《なだ》めながらお縫はまた、首の裏がさわさわ鳴るように思った。

それからすぐに長屋に戻ってきた唐吉は、儀右衛門の前に両手をついた。

「とんだどじを踏んじまって、申し訳ありやせん」

「いや、無理を頼んだこっちが悪いや。それより、仕上げの方はどうだったい？」

「そいつはうまく行きやした。あの安積の治五郎に脅されちゃ、玄海屋もたまらねえ。若旦那も泣く泣くおもんを諦めやした。だが治五郎がこいつを離さなくて、無理やり安積一家に連れ込もうとしたもんで……おれが子分どもを引きつけて、うまく逃がしたつもりでいたんですが、まったくこいつときたら……」

と、横に座る文吉の頭に、拳骨《げんこつ》が落とされた。いてえっ、と文吉が頭をおさえる。

「だいたい、追われているのにここへ逃げ込むたぁどういう料簡《りようけん》だ、この大馬鹿《おおばか》野郎が！」

「ちゃんと撒《ま》いたつもりでいたんだよ。まさかここまでしつこく追ってきてたなんて、長屋の近くに来るまで気づかなかったんだ」

「そのまま通り過ぎるぐれえの頭はねえのか」とふたたび唐吉が、弟の頭を張る。

「あんときはなんだか、千鳥屋に吸い込まれちまったんだ。辺りは真っ暗で、千鳥屋から漏れてた灯りとお縫坊しか見えなくて、で、なんとなく……悪かったな」

「まったくだわ。でもこれで当分、おもんさんに焼き餅を焼かなくて済みそうね」

めずらしくしょげた文吉を引き立てるつもりで、お縫は軽口で受けた。

「お縫も咄嗟《とっさ》のことなのに、よくあそこで踏ん張ったな」と儀右衛門が褒めた。

「これでもこの長屋で生まれ育った、窩主買屋《けいずかいや》の娘ですからね」

自慢できることではない筈《はず》が、お縫は胸を張っていた。


その翌日のことだった。台所で昼餉《ひるげ》の仕度をしていたお縫の耳に、儀右衛門の素《す》っ頓狂《とんきょう》な叫び声がきこえた。父親のそんな声なぞ、ついぞきいたことがない。

「いったいどうしたのよ、おとっつぁん」

「……三九の頭から、便りが来たんだ……先に頼んだ錠前破りが、赤坂宿を抜ける既《すんで》のところでお縄になった。悪いがあの話はなかったことに……って」

時折ざわついていたお縫の首筋が、今度こそ本当に粟立《あわだ》った。

「じゃあ、あの加助さんは、いったいどこの誰なんだい？」

亭主の傍《かたわ》らで、お俊がうろたえぎみにたずねた。

「そいつはさっぱり……おいっ、お縫、どうした？」

儀右衛門の声を後ろにきいて、お縫は玄関をとび出した。井戸端《いどばた》に加助の姿を見つけると、その人の好《よ》い笑顔に向かい、おそるおそるたずねた。

「加助さんは、赤坂にいたって言ったわよね。どこの、赤坂かしら？」

加助は一瞬きょとんとして、不思議そうな口振りで言った。

「どこのってそりゃ、赤坂御門の赤坂でやすよ」

「……つまり、その、お江戸の赤坂ってことね？　東海道の赤坂宿じゃあないのね？」

「へえ、東海道に赤坂があるんですかい？　そいつは知らなかった。面白いもんですね」

お縫のほうは面白いどころではなく、目の前がくらくらした。

（やっぱりあたしの勘は正しかったんだ。加助さんは、悪人なんかじゃなかったんだ）

お縫は己の勘を当てにしなかったことを、ひたすら悔やんだ。

「てこたぁ、なんですかい。あの加助って野郎は、赤坂御門の近くに住んでた、ごくごく真っ当な錠前職人だったたってえことですかい」

狸の半造が、あんぐりと口をあけた。うなずいた儀右衛門が、腹の底から深いため息をつく。半造の横には、安太郎と美人局《つつもたせ》の兄弟の顔もあった。

「ごめんなさい、あたしがちゃんと、たしかめなかったのがいけなかったのよ」

父親の横で、お縫が首をすくめる。

「あの人は、たまたま行き合った飛脚から、長屋の空き間の話をきいたらしいんだよ。だからお縫が話をきいてるって答えちまったときも、その飛脚が話を通してくれたもんだと、あっちもそう思い違いをしたらしいのさ」

半《なか》ば娘をかばうかのように、お俊が口を添えたが、半造は真顔で膝を進めた。

「まあ、済んじまったことはなしにするとして、どうしやすか、旦那」

「どうするって……」

「あいつをここに置いとくのは、やっぱりまずいんじゃあねえですかい？」

「おれもそう思うよ、髪結いの旦那。どうもあいつは節介が過ぎる。あの晩以来、毎日のようにおれんとこに来て、この前なんざ、掏り取った財布をならべてるところを見られちまった。ああ、売り物の小間物ですね、なんて頓珍漢《とんちんかん》なことを言うからそのまんま流していたが、掏ったもんだと口を滑らさなくて本当に良かったぜ」

と安太郎が息をつく。

「浜屋さんが来ていた晩も、うまい具合に掏摸《すり》仲間の話が終わった後から立ち聞いてたみたいで、やっぱりこの長屋のことは何も気づいちゃいないみたい」と、お縫が申し訳なさそうに言い足した。

「だったら置いといてもいいんじゃねえか？　あのおっさん、結構面白いぜ」

「なに言ってんだ。美人局で稼いでいると、口にしなかったから良かったようなものの、おもんの正体を知られちまった以上、油断はできねえんだぜ」

呑気なようすの弟に、唐吉が釘《くぎ》をさす。

「やっぱり裏稼業ぞろいのこの長屋に、素人《しろうと》が混ざるってなぁどうもやり辛《づら》い。おまけに奴《やっ》は、お節介な上に善人が過ぎる。ああも情に脆《もろ》いのは、鬱陶《うっとう》しくってかないませんぜ」

店子代表の半造が、皆の総意を伝えるかのように申し入れた。

翌日、お縫は父親とともに加助の住まいを訪ねた。

あけ放された入口障子からは、薄い線香の香りが漂ってくる。中を覗《のぞ》くと、ふたつの白木の位牌《いはい》に向かい、加助が手を合わせていた。

「これは、差配さんにお縫ちゃん、気づきませんで失礼しやした」

戸口に突っ立っているふたりを、加助が中へ招じ入れる。

「亡くなったおかみさんのかね」

「へい、嬶《かかあ》と、こっちは赤ん坊だった娘のもんで。今日はふたりの月命日でして」

「おかみさんと娘さんを、いっぺんに亡くしなすったの？」

「ええ、今年の二月の火事でやられちまいやした」

「そういやあ、二月は川向こうで火事が多かったからな。月初めの十日ばかりのあいだに大火が三つ。他にもあちこちでずいぶん焼けたときいた」

「嬶と娘は、市谷《いちがや》念仏坂から出たのにやられました。四谷《よつや》から赤坂、芝までが丸焼けになった。あっしはちょうどその日、下谷《したや》におりやした」

昔世話になっていた錠前屋の親方が亡くなり、線香をあげに行ったという。その晩は同門の職人仲間と夜通し親方を偲《しの》び、帰ってみたらどこもかしこも焼け野原となっていた。

「てめえの長屋がどこにあったかさえ、探すのにまる一日かかりやした。その辺りを何日も探してみましたが、嬶も娘も見つからない。熱さに耐えかねて堀にとび込んだか、焼け落ちた橋と一緒に流されたか、大方そんなところでしょうが、どうにも諦めきれなくて、お救い小屋を手伝いながら待ったり探したり、でもとうとう仏さんも拝めやせんでした」

加助は何か見えないものを見てるみたいに、ぼんやりと宙に視線を預けているが、泣いてはいなかった。お救い小屋がなくなってからは、掘立て小屋を建てたり、材木や米を大八車で運んだり、まわりの手伝いをして気を紛《まぎ》らしていたという。

「だが、町がもとの風情《ふぜい》をとり戻して皆が前のような暮らしをはじめると、もういけませんでした。ひとりっきり残っちまったことが辛くて辛くて……逃げるように赤坂を出て、ここに来るまでのひと月ばかり、あちこちをふらふらしてやした」

袂を目頭に当てたお縫は、ここに来たときの加助の姿を思い出した。あの長旅から戻ったような汚れ方は、そのひと月余の放浪のためだったのだ。

「加助さんは、人のためならあんなに泣くのに、己のためには泣かないのね」

「嬶と娘のためには泣くだけ泣きやしたから。もう涸《か》れちまったんでさあ」

ぐずぐずと鼻をすっていたお縫の目に、どっと新たに涙があふれる。

「どこへ行っても何をする気も起きなかったのが、富岡八幡《とみおかはちまん》さまに来て、なんだかいきなり目隠しがとれたような気になりやした」

「ここの八幡様は、他所《よそ》とは違ったのかい？」と儀右衛門がたずねた。

「へい、天を突くような大鳥居がどっしりと立って、その向こうは一面の海だ。あんなに長閑《のどか》で広々とした景色は、他にはありやせん。なんていうか、てめえがひどく小っせえ者のように思えて、あの火事以来初めて、ゆったりと落ち着いた心持ちになりやした」

「そうか……八幡さまとあのながめは、たしかにここに暮らす者の自慢だよ」

「そうでございましょうね。八幡さまの前でぶつかった飛脚の若いのが、この長屋のことを教えてくれたのも、きっとお導きに違いねえ。しかも越した長屋はふたつ名の通り、善人ばかりのあったかい場所だった。店子《たなこ》が力を合わせて人助けをするなんざ、こんな気持ちのいい話はありやせん。おかげであっしも、ここでもう一度やり直してみようかと、ようやくそんな気が起きやした」

　これも旦那や皆さんのおかげです、と頭を下げられ、ふたりは何も言えなくなった。

「やっぱり、追い出せなかったようだね」

玄関の外で待っていたらしいお俊が、ふたりのようすをながめて、ふふ、と笑った。

「あんな話をきかされて、出て行けなんぞと言えるものかい」

ざっと事情を語った儀右衛門が、渋面を作り小さなため息をついた。

「半さんたちに折れてもらうのは、ひと手間かかりそうだな」

「おとっつぁん、あたしが長屋のみんなに頭を下げるから、加助さんを置いてあげて」

目と鼻を真っ赤に腫《は》らして、お縫が頼んだ。

「おやまあ、すっかり入れ込んじまったようだねえ。でもあたしはなんだか、そうなるような気がしていたよ」

「おっかさん、どうして？」

「今度のことは、やけに割符《わりふ》が合っていると思わないかい？　妙ちきりんでも縁は縁さね。あの人はたぶん、ここに来るようにきまっていたのさ」

「そうね、あたしもそんな風に思えるわ」

足許《あしもと》の紅葉《もみじ》の赤が、泣き疲れた目に染《し》みるほど鮮やかだった。

江戸はもうすぐ、冬になろうとしていた。

抜け殻

坂井希久子

一

指の間をぬめっとした感触が這《は》う。蚊帳《かや》の中は蒸し暑く、汗ばんだ肌の合わせ目からはどこか懐かしいような、甘酸っぱい匂《にお》いが立ち昇っていた。

ああ、うるさい。

両腕を交差させ、おくめは己《おのれ》の面《おもて》を隠す。向島《むこうじま》と呼ばれるこの界隈《かいわい》は、鄙《ひな》びた風情《ふぜい》が残っているぶん蟬《せみ》の声が姦《かしま》しい。申し訳程度に設けられた裏庭の、楓《かえで》にでも止まっているのだろう。不機嫌《ふきげん》そうにミンミンと鳴くその声が、おくめを責めているかのようだ。

そうだあのとき、お前さえ手を離さなければ――。

「おい、どうかしたかい?」

市兵衛《いちべえ》の、嗄《しゃが》れ声に薄っすらと目を開ける。しゃぶりついていたおくめの足指から顔を上げ、老人は気遣《きづか》わしげにこちらを見ていた。

「いえ、旦那《だんな》様。ただ少しばかり暑くって」

立秋《りっしゅう》が近いとはいえ、昼下がりに障子《しょうじ》を閉《た》てきっていては熱がこもる。男と女が睦《むつ》み合っていればなおのこと。五十半《なか》ばを過ぎた市兵衛はまだ枯れておらず、肩も腹も肉づきがよい。共寝をしているとまるで行火《あんか》のように熱を持ち、冬場は頼もしいのだが、今はしばし離れていたい。

「本当だ、顔がのぼせちまってるね。どれ、縁側の障子を開けてやろう」

「お待ちください。そんな、お戯《たわむ》れを」

家の周りは田畑と竹林、ぐるりを板塀《いたべい》に囲まれてはいるが、誰が通りかからぬともかぎらない。女の甘い声が洩《も》れてくれば、塀の破れ目から中を覗《のぞ》こうとする不届き者も現れよう。おくめは恥じ入り、イヤイヤと顔を背《そむ》ける。

「まぁいい頃合いだ。ここらで一服といきましょう」

脂《あぶら》は抜けておらずとも、市兵衛にはもはや若い男の性急さはない。のんべんだらりとおくめを弄《いじく》り、間に酒食や世間話を挟んでくる。はだけていた着物の前を搔《か》き合わせ、するりと蚊帳を抜けて行った。

裏庭に面した腰高《こしだか》障子が開けられて、さらさらと稲穂を揺らしてきた風が、青い香りを運んでくる。湿った土と、水の匂い。夕立ちが来るかもしれない。

表　店《おもてだな》と裏店がひしめき合い、人の気配に満ちていた町中では察せられなかった些細《ささい》な事が、ここに来てからは当たり前のように感じ取れる。あの賑《にぎ》わいの中にはもう、二度と戻れやしないだろう。

「あ、くそ。食われちまった」

ぱちんと腕を叩《たた》く音がし、市兵衛の悪態が聞こえる。ここいらの蚊《か》は一度食われるといつまでも痒《かゆ》い。裏庭に朝顔を這わせてあるのは、葉の汁が痒み止めになるからだ。紅藤色の花はすでに、力なく萎《しお》れている。

庭下駄をつっかけ朝顔の葉を一枚むしってから、市兵衛が寝間に戻ってきた。身を低くして素早く蚊帳の中に滑り込み、着衣をゆるく整えたおくめに「ほら」となにかを投げて寄越す。

手を伸ばしてそれを受けてから、おくめは「きゃっ!」と飛び上がった。その拍子《ひょうし》にころころと、手から離れて膝《ひざ》を転がる。ほとんど重さのないそれは、半透明の蟬の抜け殻だった。

「んもう、驚かさないでくださいまし」

「ちょうど葉の裏についてたんですよ」

市兵衛は事もなげに、目尻《めじり》に皺《しわ》を寄せている。

気を取り直して指先で摘《つ》まみ上げようとすると、前脚の爪《つめ》が越後《えちご》絣《かすり》の折り目に引っかかった。乾いた殻だけになってもなお、この世にしがみつこうとする。まるで私のようだとおくめは思う。

ここ向島で市兵衛の囲い者となってから、早くも九月《ここのつづき》が過ぎようとしていた。

翌日まだ朝靄《あさもや》の晴れぬうちから、おくめは本宅へと帰る市兵衛を見送りに出た。向かう先は日本橋久松町《にほんばしひさまつちょう》。葉茶問屋『松寿園《しょうじゅえん》』の隠居であり、共白髪のお内儀《ないぎ》もいまだ健在だ。

そちらへの遠慮もあってか、市兵衛がおくめの元に通ってくるのはせいぜい月に十日ほど。だがその背中が朝靄の向こうに消えゆくのを眺《なが》めても、寂しさは胸に兆《きざ》してこない。むしろ一人になれた気軽さに、ほっと肩の荷を下ろしている自分がいる。

元は風流人の別宅だったという小ぢんまりとした家に、通いの下女まで与えられ、何不自由なく暮らす身としてはあまりに情がないかもしれない。行き場のないちっぽけな女を拾ってくれた市兵衛に感謝はしても、父ほど歳《とし》の開いた相手を男として見ることはできなかった。

きっともう、誰かを愛《いと》おしいと思えることはないのだろう。だってここにいる自分は、抜け殻なのだから。

昨日の蟬の抜け殻は、市兵衛の戯れで蚊帳の網目に引っかけられていた。寝間を片づけながらおくめはその処分に困り、ひとまず茶簞笥《ちゃだんす》の上に置いておく。そうすると飴色《あめいろ》をした空蟬《うつせみ》は、よくできた根付《ねつけ》のようでもあった。

もうしばらくすると近隣の百姓家から、下女のおタカが通ってくる。おくめとてひと通りの煮炊《にた》きはできるが、一人では食うことも忘れて細ってゆくので、案じた市兵衛が雇い入れた。

おタカは百年も生きていそうな凄《すご》みのある老婆で、ろくに口もきかず飯《めし》の支度《したく》だけをして帰ってゆく。子供のうちから鍬《くわ》を取り、汗水垂らして堅実に生きてきたおタカには、貞操と引き換えの妾《めかけ》暮らしが気に食わぬのだろう。「いくら亭主に離縁されたからって、他にやりようはあったろうに」と、独り言を呟《つぶや》いていたことがある。耳の遠い老婆の声は、当人の思惑よりもはるかに大きい。

おタカが顔を見せる前にと、手早く身支度を整え家を出る。ホオジロの囀《さえず》りを背に、小梅堤《こうめづつみ》に架かる七本松橋を渡ってゆく。このあたりは梅の名所で、名の知れた料理屋もあり、遊興の地として鄙びた風情を残しつつも栄えている。

先へ行けば水戸《みと》藩の下屋敷。白い築地塀《ついじべい》がつらつらと続き、やがて花見の名所隅《すみ》田《だ》堤へと突き当たる。堤の上に立てば大川の流れは滔々《とうとう》として、対岸の浅草観音《あさくさかんのん》の甍《いらか》が朝の陽《ひ》を跳ね返し煌《きら》めいていた。

おくめは眩《まぶ》しさに目を細め、本堂に向かって手を合わせる。参拝客で賑わう境内《けいだい》を、髪振り乱して駆けずり回った日々がまるで昨日のことのようだ。

吾妻橋《あづまばし》を渡ればすぐ雷門《かみなりもん》。だがその橋を渡ることは二度とない。大川のこちら側でのみ生きてゆくと決め、代わりに願をかけていた。雨の日も風の日も雪の日も、この地から欠かさず観音様を拝んでいる。

春には花に浮かされたようになる墨堤《ぼくてい》の桜並木も、今は青々とした葉を広げるばかり。背中を炙《あぶ》る日差しが強くなりゆき、ふいに蟬が鳴きだした。今日も暑くなりそうだ。

足元の土をじりりと踏み、さらに北を指して歩きだす。微《かす》かに喉《のど》の渇きを覚えたが、葦簀《よしず》張りの水茶屋はまだ開いておらず、行き交う人もまばらである。日が高くなる前にと、おくめは足を急がせた。

堤の上に鳥居が頭を突き出している三囲《みめぐり》神社、桜餅《さくらもち》が名物の長命寺《ちょうめいじ》、諏訪《すわ》明神《みょうじん》、白髭《しらひげ》神社。名所旧跡を右手に見て、寺島《てらじま》村の渡し場を越えると、間もなく向かう先の木母寺《もくぼじ》である。

参道を下り境内へ踏み入れると、おくめは真《ま》っ直《す》ぐに見事な枝ぶりの柳の木を目指した。その根元はこんもりと盛り上がり、小さな御堂《みどう》が建てられている。おくめは手の甲で額《ひたい》の汗を拭《ぬぐ》ってから、膝を折り正面に屈《かが》み込んだ。

平安の昔に京の都から攫《さら》ってこられ、この地で命を落としたという梅若丸《うめわかまる》を祀《まつ》った塚である。母の花御前《はなごぜん》は我が子を探し彷徨《さまよ》い歩き、息子の死から一年後にようやく塚の前にたどり着いた。謡曲『隅田川』にもうたわれる、広く知られた物語だ。

柳の葉が風に踊る音を聞きながら、おくめはじっと目をつぶる。手を合わせ、胸の内に祈る文句はいつも同じ。

どうか、息子の栄太《えいた》が無事に戻ってきますように――。

二

「ふう、売れた売れた。あとはやっとくからお前、観音様のお参りにでも行ってきちゃどうだ」

すべてはかつての良人《おっと》であった伊助《いすけ》の、このひとことがはじまりだった。

伊助は練り切りにすっとへらを入れただけのような目をいっそう細め、首にかけた手拭いで顔を拭っていた。炭の始末をしようと火入れ壺を運んできたおくめは、腰を屈めたまま「いいんですか」と問い返す。

「いいもなにも、餡子《あんこ》が売り切れちまっちゃ商売にならねぇ。もちっと炊いとくんだった」

まだ昼八つ（午後二時）を過ぎたばかりというのに、伊助が朝早くから汗みずくになって仕込んだ餡はもうなかった。人出を見込んで常より多めに炊いたのに、思った以上によく売れた。

横山町《よこやまちょう》の裏通りに店を構える『金栄堂《きんえいどう》』は、金鍔《きんつば》が売りの菓子屋である。元は伊助の父が両国広小路《りょうごくひろこうじ》の屋台売りから始め、父子二人で助け合いながら間口二間《けん》の店を持つに至った。伊助が二十二のときだった。

子供のころから店を出すことだけを目指してきた伊助は実直な人柄で、毎朝まるで求道者のような顔をして餡を炊く。季節によって小豆《あずき》の仕入れ先や水加減を変え、いつ食べても同じ味になるよう工夫を凝《こ》らしている。

その甲斐《かい》あって『金栄堂』の金鍔は小豆の風味が強く、ほんのり塩味の残る餡が絶妙と評判を呼んでいた。その餡を刀の鍔のように丸くまとめ、ごくごく薄い小麦粉の衣をつけて焼きたてを売る。銅版に塗った胡麻油《ごまあぶら》が香りたつと、横山町、馬喰町《ばくろちょう》の問屋街を冷やかす客が、面白いように吸い寄せられてくる。

しかも大きくて腹もちがいいとあっては、職人や棒手振《ぼてふ》りといった男連中までが列に並ぶ。ここ数年の売上は、右肩上がりとなっていた。

「去年の四万六千日《しまんろくせんにち》は、この量で足りたんですけどねぇ」

「ああ、だが読みが甘かった」

「来年は、いっそ倍の量を炊いてしまいましょう」

おくめはふっくらとした頬《ほお》に笑窪《えくぼ》を浮かべ、良人に笑いかける。とりたてて美しいわけではないが、おくめの笑顔は人目を引いた。柳原《やなぎはら》通りの麦湯屋《むぎゆや》で働いていた娘時分には、ずいぶん年寄りにもてて「おくめ菩薩《ぼさつ》」と拝まれていたものだ。その笑顔を見込んで『金栄堂』の嫁にと、話をもちかけてきたのは舅《しゅうと》である。

伊助はたしかに腕がいい。だが生真面目《きまじめ》すぎて客あしらいが上手《うま》くなく、そこが悩みの種だった。

「いくら旨《うま》い菓子だって、むっつりした顔で売られちゃ味も半減しちまうだろ。なあおくめさん、どうかうちを助けると思って嫁に来ちゃくれねぇだろうか」

年端《としは》もいかぬ娘に向かって頭を下げる、舅の真心におくめは打たれた。縁談は他にもあったが、下に二人の弟妹がいるせいか、頼りにされると弱かった。相手は真面目な人だというし、願ったりだ。なにより人と接するのが好きなおくめは、和菓子屋のおかみとして店先に立つのが楽しみでもあった。

おくめが『金栄堂』に嫁《か》したのは、伊助二十四、おくめ十九の春である。二年後にはひと粒種の栄太をもうけ、舅はそれを見て満足したように極楽へと旅立った。舅の代からの客はその死を惜しんだが、おくめの愛嬌《あいきよう》がしっかりと店を支え、『金栄堂』はますます得意客を増やしていった。

さしもの伊助もおくめに微笑《ほほえ》みかけられては、硬い口元がわずかに緩《ゆる》む。細やかな情愛を示してくれる人ではないが、そんな良人をおくめは可愛《かわい》いと思う。四万六千日の縁日に行ってこいと勧めたのも、日ごろの働きを労《ねぎら》うつもりなのだろう。

四万六千日は七月十日の観音菩薩の功徳日《くどくび》のことで、この日に参拝すると四万六千日分のご利益《りやく》があるとされている。ゆえに浅草観音には朝早くから参拝客が詰めかけて、物見遊山《ものみゆさん》ついでにこの界隈にまで足を延ばし、ついに餡子が売り切れてしまったというわけだ。

「さ、早くしねぇと日が暮れちまう。栄太はどこだ?」

「不貞腐《ふてくさ》れて奥で寝ちまってますよ」

「叩き起こして行ってきな」

四つになる栄太はいつもより多い人出に気が昂《たかぶ》ったのか、お参りに連れてってくれろと散々《さんざん》駄々をこねていた。

江戸一番の盛り場である両国広小路の間近に育ったせいか、栄太は赤ん坊のころから賑《にぎ》やかなのが好きだった。芝居小屋のお囃子《はやし》が洩れ聞こえようものならキャッキャと笑い、雑踏《ざっとう》の中でも道行く人を真ん丸な目で眺めていた。

「人見知りをしない子だねぇ。こいつぁおくめさんに似たんだな」

得意客に抱かれても泣きもせず、おくめ譲りの笑窪を浮かべる。この愛嬌の上に伊助の腕を譲り受ければ、『金栄堂』は安泰だと誰もが笑った。

面には表れづらいが、伊助もまた栄太を目に入れても痛くないほど可愛がっていた。自分と父がそうであったように、いずれは息子と二人で店を盛り立ててゆきたいと思っていたのだろう。

「ほら、これで玩具《おもちゃ》でも買ってやんな」と言って、おくめに小銭を握らせる。母親を早くに亡《な》くした伊助にとって、父と子という関係は密で細《こま》やかなものだった。

よく寝ているところを、不用意に起こしてはぐずられるのではないか。おくめの懸念も虚《むな》しく「観音様にお参りに行くよ」と枕元で声をかけると、栄太は「本当かい？」と飛び起きた。

浅草御門橋《ごもんばし》を渡り北へ進むにつれて、すれ違う人の数は多くなる。それぞれ四万六千日の縁日で売られる赤玉蜀黍《あかとうもろこし》などを手にし、憂《う》いの晴れたような顔をしている。そこここに食べ物の屋台が出て、匂いまでが賑やかだった。

雷門より先は土産物《みやげもの》や玩具を扱う平店《ひらみせ》と、役店《やくだな》と呼ばれる水茶屋がずらりと並び、まさに芋《いも》の子を洗うような混雑ぶり。はぐれないよう抱き上げようとすると「やだい！」と言って暴れるので、「離しちゃだめよ」とおくめは栄太の手を握り直した。

いざ門を潜《くぐ》っても、人の波はなかなか前に進まない。先を急ぐ者もあれば、ふと店先に立ち止まって物色をはじめる者もあり、押し合うようにじわりじわりと動いてゆく。

「あっ！」

平店の玩具屋を指差して、栄太がぴたりと立ち止まる。己の体で息子を庇《かば》うように歩いていたおくめは、危うく前につんのめりそうになった。

栄太の身丈《みたけ》では見世棚の上の品物は見えない。今さら抱っこしてくれろとおくめの袂《たもと》を引いてくる。

「だめ、先にお参りをしてからね」

いくら参道が華やかで心惹《ひ》かれても、あくまでこれは参拝だ。真っ先に物欲に溺《おぼ》れては観音様に顔向けできぬと、おくめは先に立って息子の手を引く。

「掏摸《すり》だ!」と背後で声が上がったのはそのときだった。

振り返る暇もなく、背中に人がぶつかってくる。どうやらそれが掏摸本人らしく、無茶苦茶に人を掻き分け逃げようとする。その拍子に、息子と繋《つな》いでいた手がするりと解《と》けた。

「栄太!」

とっさに振り返るが、掏摸を追う者に阻まれ姿は見えない。今の騒ぎで怪我《けが》をしてはいまいかと、胸が潰《つぶ》れそうになった。「栄太、栄太」と慌《あわ》てて駆《か》けつけようとするも、逆に押し返されてしまう。

「すみません、子供が。子供が」

半狂乱となり、着物が乱れるのも構わず人の波に体を割り込ませてゆく。前のほうで「捕まえたぞ、てめぇ!」と怒鳴る声がし、周りの動揺が収まってから、おくめはさっきの玩具屋の前にたどり着いた。

だがどういうわけだかそこにはもう、幼い息子の姿はなかった。

それからの記憶はひどく曖昧《あいまい》だ。息子の姿を求めて、どれだけ仲見世《なかみせ》を駆けずり回ったか分からない。声が嗄《か》れるほど名を呼び続け、「ひとまず自身番《じしんばん》に行っちゃどうだい」と見かねた玩具屋の主人に連れ出されたころには、もう日が暮れかかっていた。

ひょっとすると親切な誰かがすでに、迷子を自身番に届けてくれたかもしれない。どうかいてくれろと祈ったが、そこにも栄太はいなかった。

でもそうだ、栄太の腰には迷子札が下がっていたはず。ひと足先に、家に送り届けられているのだろう。勧められるがままに迷子の届けだけは出し、おくめは『金栄堂』に戻ってみることにした。

その道中に見た夕焼けが、まるで血を流したように赤かったことはよく覚えている。伊助はとっくに店仕舞いを済ませており、台所で明日の分の小豆を研《と》ぎながらおくめを迎えた。

「ずいぶん遅かったじゃねぇか」と勝手口に立つ妻を見て、伊助がさっと顔色を変える。ひと目で尋常ではないと分かるほど、おくめは人に揉《も》まれてみすぼらしい様になっていた。

「なんだ、どうしたってんだ」

おくめもまた、肩を落とす。伊助のこの態度からすると、栄太はまだ戻っていないのだ。

いつの間にどこで脱げたのか、見下ろした足は下駄《げた》を履いていなかった。

三

ざわざわと、雑踏のざわめきが耳に蘇《よみがえ》る。栄太が姿を消してから三月《みつき》の間、毎日欠かさず尋ね歩いた仲見世の人込みだ。

頬がこけて目ばかりが大きく、「息子を知りませんか」と髪を振り乱してしがみついてくるおくめは、まさしく狂女の躰《てい》であったろう。参拝客に気味悪がられ、悪《わる》餓鬼《がき》どもには石を投げられた。

伊助も店を閉めたまま息子を捜し回ったが、なんの手がかりも得られることなく、十日もするとまたいつも通りに餡子を炊きはじめた。『金栄堂』は慣れ親しんだ甘い香りに満たされて、よりいっそう栄太の不在が際立《きわだ》った。

居ても立ってもいられぬおくめをよそに伊助は餡を炊き続け、ひと月が過ぎたころにぼそりと「もういいだろう」と呟いた。迷子札を掛けてあったのに誰も届けてくれないということは、栄太はきっと手の届かぬところに行ってしまったのだ。もはや生きているかどうかも定かではない。

子供をかどわかす人攫いには、唐瘡《とうがさ》や肺病の薬として肝《きも》を抜く者がいると聞いたことがある。我が子がそのような恐ろしい目を見たとはとても考えられず、おくめは「いいえ、いいえ」と首を振った。

迷子札は、押された拍子に取れてしまったのだ。あの子はきっと、おっ母《か》さんが迎えに来るのを待っている。人一倍寂しがり屋なのだから、早く行ってやらなければ。

はじめこそ同情して迷子捜しを手伝ってくれたご近所や得意客も、おくめがふた月、三月と店にも立たず彷徨っているうちに、だんだん遠巻きになっていった。上がり続けていたはずの売上はがくりと落ち、伊助も限界にきていたのだろう。

「いいかげんにしやがれ！」

ある朝大切な餡子を炊いていた鍋《なべ》をひっくり返し、そう叫んだ。今日こそ栄太が見つかるかもしれない。きっと腹を空かせているだろうと、おくめがせっせと握り飯をこしらえて出かけようとした矢先だった。

「栄太がいなくなって、辛《つれ》ぇのは自分ばかりと思ってんのか。そもそもお前さえ手を離さなけりゃ、こんなことにはなってねぇんだ！」
物静かな良人が声を荒らげたのを、おくめははじめて耳にした。三月の間決して
おくめを責めなかった伊助が、別人のように目を血走らせていた。
「返せ、返せよ。俺《おれ》の息子を返しやがれ！」
胸の張り裂けるような叫びだった。伊助は両腕で顔を覆《おお》うと、台所の土間にくず
おれて嗚咽《おえつ》を洩らした。子を失った男と女ほど、脆《もろ》いものは他になかった。
ざわざわ、ざわざわ。
人のざわめく声がする。両の耳を塞《ふさ》ぎかけて、いや違うとおくめは目を開けた。
目の前にはもはや見慣れた梅若塚。ざわめいていたのは柳の葉だ。
今年も間もなく、四万六千日の功徳日がやってくる。栄太がいなくなってから、
ちょうど一年が経《た》とうとしていた。

朝の日課である参拝を終えてしまうと、おくめにはもはやなすべきこともない。
ようやく開いた水茶屋で茶を一杯飲んでから、おもむろに帰路につく。もと来た道
を引き返すのも芸がなく、向島の百花園《ひゃっかえん》へと続く田舎道《いなかみち》をゆくことにした。
木母寺は将軍家の信仰厚く、その近辺にこそ武家屋敷があるものの、あとは長閑《のどか》

なものである。青田に鷺《さぎ》が舞い降りて田螺《たにし》をついばみ、百日紅《さるすべり》の花は赤く燃えている。蜂《はち》の羽音が耳元をかすめ、日陰のない道端で蚯蚓《みみず》が干からびて死んでいた。

おくめが生まれ育ったのは、外神田《そとかんだ》の相生町《あいおいちょう》。人がひしめく割長屋《わりながや》に、父と弟妹、四人で肩を寄せ合って暮らしていた。

『金栄堂』に嫁《とつ》いでからも、いっそう賑やかな町で、絶えず人の気配の中にあった。だがここでは人よりずっと、他の生き物の気配が色濃い。それらは耳に煩《うるさ》くなく、おくめに干渉してくることもない。

かつてのおくめなら、寂しくてとてもこんなところには住めなかった。なのに今は、この放っておかれる感じが心地よい。己も自然の一部に紛《まぎ》れ、やがて朽ち果ててゆくのだろう。

旦那の市兵衛は、おくめにその気があれば小店のひとつも持たせてやろうと言っている。小間物屋でも居酒屋でも、好きにすればいいのだと。自分の目の黒いうちはいいが、その先を案じているのだ。それでもおくめは栄太の無事を祈る以外に、なにもする気にはなれなかった。

向島の百花園は万葉の草花が多く植えられた庭園で、「梅は百花に先がけて咲く」からこの名称になったという。周囲は松の名所とされ、文人墨客《ぶんじんぼっかく》の遊ぶ地だ。

おくめとて心に沁《し》み入るこの景色が嫌いではなく、木母寺からの帰り道によく使っている。

さらに行けば茅葺《かやぶき》ながら立派な造りの百姓家。その外れの庵《いおり》の前に、一人の女が婀娜《あだ》っぽい後ろ姿を見せて立っていた。

夏絣《なつがすり》の着物を引っかけ、帯はずり落ちない程度の緩さ。髪は湯上がりのように束ねただけのだらしない格好《かっこう》なのに、近寄れば噎《む》せるほどの色香である。

女が立って見送っているのは、たしか近隣の植木屋だ。三十を少し越したばかりで、女房が身重《みおも》なのをいいことに女の元に通っている。通いのおタカの声が大きいものだから、そんな噂話《うわさばなし》は嫌でも耳に入ってくる。

女の名は、お静《しず》といったか。吉原の女郎上がりでもはや若くはない。年季が明けてから味噌屋だか酒屋だかの囲い者となり、やがて厭《あ》きられこうして日銭を稼いでいるのだ。

こちらを振り返った顔には歳相応に弛《たる》みが見られ、それがかえって若い娘にはない卑猥《ひわい》さを醸《かも》し出していた。口元のほくろが動き、「こんにちは」と涼やかな声がする。

このあたりの百姓は、三度の飯より噂話が好物だ。おくめがお静の素性《すじょう》を知っているということは、あちらにも知られていると思っていい。

「こんにちは」

目を逸《そ》らして挨拶《あいさつ》だけを返し、顔を伏せたまま行き過ぎることにする。男の情けに縋《すが》って生きる者同士とはいえ、根っからの女郎であるお静と自分は違うのだ。

市兵衛は麦湯屋で働いていたころからおくめに目をかけてくれ、『金栄堂』への嫁入りが決まると我が子のことのように喜んだ。伊助に離縁されてからはいち早く手を差し伸べて、抜け殻のようだったおくめの世話を焼いた。

弟妹はそれぞれに所帯を持ち、父親も後添いを迎えた後で、おくめには帰るところがなかった。失意の中、一人で立つ膂力《りょりょく》も萎《な》え、市兵衛の助けがなければ路頭に迷う羽目になっただろう。

市兵衛に愛情はないが、恩義はある。ただ銭のためだけに情を交わすのとはわけが違う。伊助にも求められたことのない痴戯《ちぎ》を仕込まれるのはおぞましいが、我慢のできないほどではない。

「他にやりようはあったろうに」

おタカの独り言が胸によぎる。お静に対し、同じことを思ったからだ。せっかく年季が明けて自由の身になったというのに、なぜまた代わり映えのないことをしているのだろう。おくめには分からないし、分かりたいとも思わなかった。

「ねぇ、ちょっと！」

お静の前を通り過ぎ、事なきを得たと安堵《あんど》した矢先に呼び止められた。二人の間合いは三間《けん》ほど。振り返ればお静は晴れやかに笑っている。

風が吹き、ざわざわと木々の梢《こずえ》が揺れる。お静は乱れる髪を押さえもせず、口元に両手を添えて叫んだ。

「あんたも、同じ穴の貉《むじな》だよ！」

四

七月十日、四万六千日の功徳日の朝も、おくめは大川越しに浅草観音を拝み、木母寺に参る日課をこなした。

百花園の前の道は、お静に出くわしてからというもの避けている。同じ穴の貉呼ばわりに、腹を立てているわけではない。女郎崩れのお静を下に見る気持ちが見透かされ、なにも言い返せず逃げてきたのだ。思い出すだに恥ずかしく、できればもう顔を合わせたくはなかった。

「支度ができましたんで、アタシはこれで」

居間の引き戸を開けもせず、台所からお夕カが暇《いとま》を告げてくる。おくめは縫い針に髪の油を馴染《なじ》ませながら、「はい、ありがとうございます」と返事をした。

ほのかに味噌汁と、醬油くさい煮物の匂いがしている。お夕カの料理は味が濃く、お菜もたいてい芋の煮たのと青菜だが、残すと「アタシが旦那様に叱られる」と文句を言うので、無理にでも食べるようになった。

おかげでこの家に来たばかりのころはすっかりこけていた頰も、いくぶん丸みを取り戻した。あのころは食えと鼻先に突きつけられなければ、飯を食べることもできなかった。

だがそうやって、栄太のいない日常に慣れつつある自分が恐ろしくもある。あのぬくもりと、男の子らしい日なたくさい匂い。「おっかあ」と笑窪を浮かべて駆け寄ってくる顔を忘れるはずはないのに、いつの間にか人並みに空腹を覚えるようになっている。

生きるというのは薄情なもの。子を失った痛みにも慣れ、正気を取り戻しつつある自分のほうが、お静などよりよっぽどひどい。

おくめはすんと鼻を鳴らし、止まっていた手を動かしはじめる。市兵衛に頼まれた繕い物だ。二つ下の弟がしょっちゅう着物に鉤裂きを作って帰ってきたので、裁縫は昔から得意である。市兵衛のお内儀はお嬢様育ちで針はさほど得手でなく、こういった仕事を妾に任せても不平はないようだった。

そろそろ八つどき。裏庭に面した障子を開け放っていても、風はそよとも入ってこず、ひたすら汗ばかりが滲《にじ》み出る。四万六千日の縁日も、この調子では蒸し風呂のように暑かろう。伊助は餡子を去年の倍炊いただろうか。こう暑くては焼きたての金鍔は、あまり売れないかもしれない。

おくめが去った後の『金栄堂』に、かつての勢いはないと聞く。金鍔の旨さに変わりはないが、愛想笑いのひとつもできない伊助に客はついてこない。せめて売り子を雇えばいいのに、頑《かたく》なに一人で店を続けている。

「もしかすると、お前さんに帰ってきてもらいたいのかもしれないよ」

市兵衛はたまに『金栄堂』の金鍔を手土産にして、おくめを試すようなことを言う。懐かしい甘みを舌に載せ、おくめは「まさか」とまつ毛を伏せる。そんなときはいつまでも、小豆の皮の渋みが口の中に残った。

ほとほとと、表の木戸を叩く音に顔を上げる。おタカが忘れ物でもして戻ったのだろうか。いやあの老婆なら、台所までは断りもなく入ってくる。

「ごめんください」と、聞こえてきたのは若い男の声だ。聞き知った声ではなく、おくめは訝《いぶか》りながら返事をする。

台所の土間に下り、用心のため木戸を薄く開けて相手を見た。歳は二十そここそこ。商家の手代《てだい》風だと思ったら、案の定《じょう》「『松寿園』から参りました」と名乗った。なんの用かは知らぬが、市兵衛がここへ寄越したのだろう。

炎天下を急ぎ足で来たらしく、男は頭から水を被《かぶ》ったように汗をかいていた。顔も真っ赤にのぼせているが、涼むより先に用件を口にする。

「ついに、戻って来ました！」

頭まで朦朧《もうろう》としているのか、要領を得ない。おくめは「落ち着いてください」と手を突き出す。

「なにが戻ったんですか」

「息子さんですよ！」

耳が馬鹿《ばか》になったのかと、まずは己を疑った。この一年、なんの音沙汰もなかったのだ。こんなにひょっこりと帰ってくるだなんて、あるはずがない。

「栄太が？」

「ああ。そう、それです。栄太さんです」

突き出していた手がだらりと垂れる。「ともかくすぐに来てください」と促《うなが》す声を聞きながら、おくめは土間にへたりと尻をついた。

栄太が忽然《こつぜん》と姿を消し、ひょっこり戻ってきた経緯は、『あな不思議や神隠し』と題して絵草子《えぞうし》にも刷られたらしい。市兵衛から伝え聞いた話では、まさに不思議としか言いようのない出来事だった。

なんでも栄太はおくめと離れ離れになった、仲見世の玩具屋の前に佇《たたず》んでいたという。親とはぐれたらしい幼子《おさなご》に、真っ先に気づいたのはそこの主人だった。

子供は腰に迷子札を下げており、身を屈めて覗き込むと、そこには聞き覚えのある名前が綴《つづ》られていた。栄太というのは一年前に、行方が分からなくなった子ではないか。名を呼びながら捜し歩いていた母親の声は、主人の耳に嫌というほどこびりついていた。

栄太はこの一年のことを、なにも覚えてはいなかった。それどころか「おっかあはどこ行った」と、さっき別れたばかりのように泣きだす始末。着ているものも変わっていないのではないかという話になり、おくめが確かめてみたところ、あの日着せてやった久留米絣《くるめがすり》に間違いなかった。

まるで逃げる掏摸に突き飛ばされた拍子に、一年の時をまたいでしまったかのようだ。にわかには信じがたいが、そうとしか言いようがない。栄太にはかすり傷ひとつなく、健康そのものということだ。

伝聞調なのは、おくめが栄太に会うのを頑なに拒《こば》んだからである。会ってやりないという市兵衛の説得にも、首を縦には振らなかった。

「おっ母さんが恋しくて、ずっと泣いてるそうですよ」

栄太にしてみれば、さっきまで傍《そば》にいた母親が急に姿をくらましたようなもの。さぞかし心細い思いをしているだろう。すぐさま駆けつけて抱きしめてやりたい気持ちは山々だったが、おくめはそれをぐっと堪《こら》えた。

「私に遠慮はいらないよ。お前さんが仕合せならそれでいい。『金栄堂』に戻っちゃどうだい」

そうまで言ってくれる市兵衛の真心はありがたい。だがおくめは、やはりまつ毛を伏せて、皮肉に笑った。

「今さら、どんな顔をして会えっていうんですか」

息子の失踪《しっそう》に心が折れ、よその男の囲い者になっていた母親など、本当に必要とされるだろうか。たとえ伊助に許され元の鞘《さや》に収まったとしても、常に後ろ指をさされ続け、栄太まで軽んじられる羽目になりはしまいか。

こんなことなら石に齧《かじ》りついてでも、堅気《かたぎ》を通しておくのだった。あれほど栄太が戻ってきますようにと願をかけておきながら、心のどこかでは諦《あきら》めていたのだ。栄太は生きている、必ず戻ってくると強く信じてさえいれば、日蔭者に身を落とすこともなかったろうに。

ごめんね、栄太。信じ続ける辛《つら》さから逃《のが》れたくて、おっ母さんは二度と戻れぬ橋を渡ってしまった。

今さらながら、お静に投げかけられた言葉が身に沁みる。他にやりようはあったろうに、どちらも同じ穴の中にいる。

「旦那様、お願いします。どうかこれからも、私をここに置いてくださいませ」

魂だけでもすぐさまに、息子の元に飛んでゆきたい。だがもはや自分にできるのは、遠くからその仕合せを祈ることだけだ。

おくめは畳《たたみ》に手をついて、渋い顔をする市兵衛に頭を下げた。

五

朝露に濡れた足の指先が、歩いているうちに冷えてきた。

七月も今日で終わりとあって、風の中にふと秋の気配が紛れている。稲穂はまだ青いながらもゆるりと頭《こうべ》を垂れ、ノビタキが止まって鳴きはじめる。

このところの雨模様が嘘《うそ》のように、空はどこまでも高く青かった。足元が悪いぶん、景色を眺めながらのんびりと歩く。栄太が戻ってきてからも、おくめは朝の日課を変わらずに続けていた。

むしろ日を追うごとに、息子が無事だったことへの喜びと感謝の念が募ってくる。誰に礼を言えばいいのか分からないから、おくめはこれまでどおり神仏に手を合わせる。向こう岸に栄太のいる世界が広がっていると思えば、足取りさえも軽やかだった。

隅田堤の上に立てば、水嵩《みずかさ》を増した大川はさざ波立ち、浅草観音の甍の向こうに遠く富士の姿が拝めた。なんともめでたい風景に、じわりと目頭が熱を持つ。栄太が行方知れずの間はろくすっぽ泣けなかったのに、近ごろは些細なことでも涙腺が緩んでしょうがない。

空の青に水の青、頬を優しく撫《な》でる風、日溜まりにうずくまる猫に、炊きたてのご飯のつやつやとした美しさ。子らは泣き、笑い、落とした飴に蟻《あり》が群がり、どこかの納屋《なや》では子牛が生まれた。どうして気づかずにいられたのだろう。世の中は、こんなにも喜びに満ちている。

栄太にもどうか、この想いが届きますように。

おっ母さんが傍にいなくても、優しい子に育ってほしい。お父《とっ》つぁんを助けて、日本一の金鍔をこしらえておくれ。辛いことがあったって、それでもこの世は美しい。

だから私も、置かれた場所で生きてゆこう。

観音様に向かって手を合わせ、祈りを捧げてからおくめは頬に伝う涙を拭う。その塩っ辛《から》さでさえも、生きているという感じがして嬉《うれ》しかった。

市兵衛はまだ納得がいっていないらしく、おタカにまで「あんた、こんなところでなにやってんだい」と窘《たしな》められた。後悔がないわけではない。それでもおくめにとってはもう充分だ。栄太と同じ空の下に生きているというだけで、仕合せだった。

吾妻橋方面から、堤の上を歩いてくる人影がある。泣き顔を見られるのは恥ずかしく、おくめはその場で面を伏せ、やり過ごすことにした。

ざりざりと近づいてくる足音は男のものらしい。まるで前に進むのをためらうような、間延びした歩きかただ。早く行ってと思うのに、どういうわけだかおくめの手前でぴたりと止まった。

周りには他に人気《ひとけ》がなく、気味が悪い。いざとなれば走りだせるよう身構えて、おくめはそろりそろりと視線を上げる。

目に入ったのは縞木綿《しまもめん》の着物の裾《すそ》。その色柄に、見覚えがあった。

「おくめ」

懐かしい声が呼びかけてくる。

のっぺりとした顔に、へらで窪ませたような細い眼。弱りきった表情で、伊助がそこに立っていた。


大川の水面《みなも》を一艘《そう》の渡し舟が滑るように進んでゆく。もう少し日が高くなれば粋人の出す涼み舟で賑わうのだろうが、今はまだ静かなものである。

墨堤沿いの水茶屋はやはり開いておらず、おくめと伊助は土手っぺりに肩を並べて腰掛けた。

「元気そうだな」

まるで静寂を恐れるように、伊助が呟く。落ち着かないのか膝頭に置いた手の指を、しきりに組み直している。

最後に伊助が見たおくめは、痩《や》せさらばえた女だった。あのころの我を忘れた形相《ぎょうそう》に比べれば、よっぽどまともになっただろう。おくめは「ええ」と短く答える。

伊助は逆に、おくめの記憶にあるよりも痩せていた。両頰に縦に走る皺は、以前にはなかったものだ。一人になってから、店の切り盛りで苦労をしたのだろう。

だがそれよりも気がかりなのは、我が子だった。

「栄太はどうしていますか」

「ああ、元気にしてるよ。おっ母さんを恋しがっちゃいるけどな」

「そうですか」

おくめは頷《うなず》いて目を伏せる。もっと詳しく聞きたかったが、聞いてしまうと「会わせてくれろ」と泣きついてしまいそうだった。

「ずいぶん薄情だな。会いに来てもくれねぇなんて」

この人は、わざわざ私を責めに来たんだろうか。伊助の横顔に目を遣《や》って、それでもいいかと思い直す。伊助が楽になるんなら、いくらでも責めてくれればいい。

頭には、なぜかお静の笑顔が思い浮かんだ。

「こんなおっ母さんなら、いないほうがましでしょう」

足元に生える露草《つゆくさ》を見下ろし、おくめは笑う。どこにも飛んで行けないのに、その花は蝶《ちょう》の形に似ていた。

「違う。そんなことを言いたいんじゃねぇんだ」

伊助が首の後ろを掻き、うな垂れる。菓子を作ることより他は不器用な人だ。よく知っているから、「じゃ、どういうつもりなんですか」と急《せ》かしはしない。夜の明けぬうちから餡子を炊いてきたのだろうか。伊助の袂からは、ほんのり甘い匂いがした。

「お前が毎朝この時分にここにいるってのは、『松寿園』のご隠居に聞いて来たんだ」

「ええ」とおくめは頷き返す。それ以外にないと思っていたから、驚かなかった。どこの世に妾を元亭主と引き合わせてやる旦那がいるだろう。市兵衛もまったく、人がいい。

「おくめ、すまなかった」

だし抜けに、こちらに向き直って頭を下げる。伊助の肩は震えている。

「あんときは俺もどうかしてた。このとおり謝るから、どうか戻ってきちゃくれねえか」

おくめは思いのほか動じずに、元夫の頭の後ろを眺めていた。市兵衛と会ったのならすでに、話はついているのだろう。おくめが「はい」と頷きさえすれば、元の鞘に戻れるように。

勝手なことを。おくめは静かに目を伏せる。二度と戻らぬという決心を、なぜこうもないがしろにされるのか。この世は男ばかりのものではないのに。

「栄太も夜泣きがひでぇんだ。あいつにゃまだまだおっ母さんが必要なんだよ」

そう言われると、少なからず心が揺らぐ。おくめは口元に薄く笑みを乗せた。

「よしてください、おまえさん。私はおまえさんに申し訳ないと思いこそすれ、恨んだことはありません」

「おくめ、それじゃあ――」

「ですから私のことは早く忘れて、早くいい人を見つけてください」

できれば栄太に優しくしてくれる人を。そうつけ加えると、伊助は痛みに耐えるように顔を歪《ゆが》めた。

「『松寿園』のご隠居は、お前によくしてくれんのか」

「ええ、もったいないくらいに」

「そうか。それでも俺は、帰ってきてもらいてぇ」

不器用な伊助が、これほど己の願望をはっきりと口にするのをはじめて聞いた。

「よして」と首を振るおくめの両肩を、強く摑《つか》む。

「周りの目が気になるんなら、店を移ったっていい。お前と栄太さえいれば、どこだってやっていける」

肩にかかる手の力強さを、おくめはよく覚えていた。その腕の中の安らぎも、首筋の匂いでさえも。ともするとこのまま伊助の胸にしなだれかかってしまいそう。でも再び夫婦になったところで、この人は耐えられるのだろうか。自分が仕込んだ覚えのない官能を、寝間で見せられることになるかもしれないのに。

下駄の鼻緒を挟んだ足指に、ナメクジの這うような感触が蘇る。伊助のぬくもりを覚えているように、市兵衛の粘っこい手つきもまた、この体には染《し》みついている。

「迷ってんなら俺と来てくれ。今度こそ大事にするから」

おくめは伊助の頭越しにぼんやりと、大川に架かる橋を眺めていた。手前で大きく弧を描いているのが吾妻橋。その先に霞《かす》んで見える両国橋を渡れば、『金栄堂』はすぐそこだ。

行ってもいいのだろうか、あの向こう岸に。人々の息遣いが聞こえる町中に。

日が高くなってきて、傍《かたわ》らの桜の木で唐突に蝉が鳴きはじめる。ミンミン蝉ではなく、ツクツクボウシの声だった。

そういえばなにげなく茶簞笥の上に置いた、蝉の抜け殻はどこへ行ってしまったのだろう。吹き込む風にあおられたのか、いつの間にやら消えていた。

季節はもう、移り変わろうとしている。

「意地を張らず、正直なところを言ってみな。お前だって、栄太に会いてぇんだろ」

おくめの頬に涙が伝う。じわりと胸に、ひりつく痛みが広がってゆく。まるで皮膚を一枚剝《は》がれたような、喪失感を伴う痛みだった。

声は出ない。だが意思に反しておくめの唇《くちびる》が、「あいたい」と言葉を刻んでいた。

六

「まったく、あんたの頑なさには恐れ入るよ」

手炙《てあぶ》りを間に挟み、胡坐《あぐら》をかいた市兵衛がやれやれと頭を振る。

十月の亥《い》の日も過ぎ、めっきり底冷えがするようになった。下働きのお夕カはもういない。おくめは手ずから茶を淹《い》れて、「こんなむさ苦しいところにお運びいただいてすみません」と差し出した。

東本願寺《ひがしほんがんじ》にほど近い、田原町《たわらちょう》の棟割《むねわり》長屋。間口九尺、奥行き二間の広さでも、おくめ一人なら手狭ではない。ただ上等な羽織を纏《まと》った市兵衛は、粗末な家財道具の置かれた部屋にそぐわなかった。

「私の骨折りを、なんだと思ってるんだろうねぇ」

愚痴《ぐち》をこぼしながら、音を立てて茶を啜《すす》る。茶葉は市兵衛が持ってきてくれた蔵出し茶だ。新茶の青臭さが抜けており、まろやかな風味が口に広がる。

「その節《せつ》は本当に、お世話になりました」

おくめはあらためて、日焼けした畳に三つ指をつく。市兵衛には、いくら礼を言っても足りないくらいだ。

「世話になったと思ってんなら、素直に『金栄堂』に戻りゃいいのに」

眉《まゆ》のつけ根に皺を寄せ、市兵衛は大仰《おおぎょう》に息をつく。おくめを手放す決意をし、伊助に話を通したというのにこの様《ざま》だ。江戸市中に戻ると決めて、おくめが渡れたのは吾妻橋までだった。

その先へは、どうしても足が進まない。だがおくめは、それでよしとすることにした。

今はこの裏店《うらだな》で、得意の針仕事の腕を活かし、御物師《おものし》として身を立てている。その際に市兵衛からは少しばかり借財をし、得意先をいくつか紹介してもらった。おかげ様で向島を出て早二月《はやふたつき》、食うに困らぬ暮らしができていた。

「すみません。お借りしたお金と妾宅《しょうたく》でのかかりは、少しずつ返してゆきますので」

「おやめなさい。いりませんよ、そんなものは」

「けど旦那様」

「私はもうあんたの旦那じゃないんだ。この先うちの仕立物を、安く請け負ってくれりゃ充分ですよ」

「ご隠居様――」

感謝のあまり言葉に詰まり、おくめは深々と頭を下げた。今日の訪問も、『松寿園』の奉公人のお仕着せを注文するためである。市兵衛自身が足を運ぶほどのことではないが、ついでにおくめの顔を見てやろうという思いやりだ。

「しかし肝心の栄太とは、まだ会えてないんでしょう？」

顔を上げたおくめを少し眩しそうに見て、市兵衛が話を切り替える。

「会えてはいませんが、遠目に様子を窺《うかが》わせてもらいました」

息子の元気な顔をひと目見せてやろうと、浅草観音へのお参りを口実に伊助が栄太を連れ出してくれたのである。物陰からではあるが、伊助に手を引かれた栄太はたしかに、一年前とあまり変わっていないように見えた。

母の不在が心に影を落としてやいないかと案じたが、少なくとも顔は笑っていた。後から聞いた話では、「おっ母さんが戻ってくるよう、お参りをしに行こう」と誘われて出てきたらしい。変な期待は持たせないでほしいのだが、伊助には「そんくれぇの夢は見さしてくれ」と大真面目に言われてしまった。

「そうかい、よかった。だが姿を見ちまったら、いっそ抱きしめてやりたくはなりませんか」

「そりゃあ、なりますけれど」

すぐにでも駆けだして行き「おっ母さんが悪かった」と、この胸に掻き抱いてやりたくなった。だがどうしても気後《きおく》れがして、気持ちとは裏腹に足は一歩も前に進まなかった。

「でもいいんです。ほら、これ見てください」

おくめはすっと立ち、部屋の隅《すみ》に寄せてあった柳行李《やなぎごうり》から、四《よ》つ身《み》に仕立てた着物を取り出す。子供用の綿入《わたい》れである。

「あの子の着物に綿を入れてやったんです。ふふ、ここに醤油をこぼした跡がある。裾は擦《す》り切れていましたし、袖口《そでぐち》にも鉤裂きができていました。きっと元気いっぱい走り回っているんでしょうね」

伊助から預かり、洗い張りをして傷んだところは繕い直した。洗う前は衿元《えりもと》が垢《あか》じみていたり、汗のにおいが残っていたりと、栄太の気配《けはい》が染みついていた。

「私はただ、こうしてるだけでいいんです」

綿入れにそっと、頬を寄せる。たとえ息子の抜け殻だけでも、抱擁《ほうよう》できることが嬉しかった。

「そりゃまた、ずいぶん欲のないことで」

市兵衛が呆《あき》れたように首をすくめる。老人には、すでに先が見えているようでもある。

「でもね、人の欲ってものは際限がないんです。今はそれでよくっても、話しかけたい、抱きしめたい、一緒に暮らしたいと、どんどん膨《ふく》らんでくでしょうよ。向島で生きてくと決めたはずのあんたが、こっちに移っちまったようにね」

　おくめは綿入れを抱えたまま、困ったように微笑み返す。市中に戻って一人になり、ようやく心が落ちついたところだ。自分の欲が膨れ上がるのかどうかは、まだ分からない。

「伊助さんは、いつまでも待つって言ってましたよ」

　いつまでもって、どのくらいだろう。今度伊助に会ったら、待たなくていいと伝えなければ。まだ幼い栄太には新しいおっ母さんが必要だし、伊助にも『金栄堂』にとっても、それは同じことだ。

「いいかい、生きてりゃ二度と戻れぬ道を行っちまうことはあるが、あんたが今いるのはそこじゃない。自分で帰り道を塞ぐような真似はしちゃいけないよ」

　優しく言い聞かせる市兵衛の声を聞きながら、おくめはいっそう強く綿入れを抱きしめた。

　近いうちに、伊助がこの抜け殻を引き取りにやってくる。

まぶたの笑顔

志川節子

一

芽吹《めぶき》長屋の朝は早い。

朝千両とうたわれる魚河岸《うおがし》からほど近い日本橋《にほんばし》瀬戸物町にあるがゆえに、夜も明けきらぬうちから市《いち》のざわめきが届いてくる。長屋の住人も魚河岸で働く連中や棒《ぼ》手《て》振《ふ》りが多く、一番鶏《いちばんどり》でさえまだ夢の中にいる静寂《しじま》を、建てつけのよくない腰高《こしだか》障子《しょうじ》をがたぴしいわせて仕事に出ていく。

魚河岸の喧騒《けんそう》や長屋で立てられる物音を、ふだんのおえんは夜具にくるまって耳にしながら、路地ぜんたいが眠りから抜け出すまでの時を過ごしている。

だが、その日はいつものようにはいかなかった。

「おえんさん、おえんさん。ちょいと開けさせてもらうよ。あらやだ、まだ寝てるよ、この人は。明日は早いよって言っておいたじゃないか。ほら、起きて、おえんさん」

心地よいまどろみを、甲高《かんだか》い声に破られた。うっすらと目を開けると、土間口に隣人のおさきが立っている。

「あ、おさきさん……。いま何時《なんどき》ですか」

「七ツをまわったところ。どうせ起きられないだろうと思ってのぞきにきたんだ。そろそろ支度《したく》しないと」

おさきがきりりと襷《たすき》掛《が》けしているのが目に入って、おえんははっと身を起こした。

「わたくしったら、寝過ごすところでした」

「ちゃんと目が覚めたみたいだね。じゃ、またあとで」

そういって、おさきは路地へ出ていった。

家の中は、まだ夜の色に沈んでいる。おえんは腰をさすりながら起き上がった。一体いつになったら、この固い床《とこ》に慣れることができるのだろう。

襷掛けに姉《あね》さん被《かぶ》り、着物の裾《すそ》をからげて表に出ると、相店《あいだな》の住人が十人ばかり、井戸端《いどばた》に顔を揃《そろ》えていた。

「おはようございます」

小腰をかがめて住人たちのあいだを縫いながら、おえんは物干し場にいるおさきとおまつに近づいていった。

「おはよ、おえんさん。またずいぶんと勇ましい出《い》で立ちだこと」

おまつが声を掛けてきた。おまつにしても、身ごしらえはおえんと似たようなものだった。いつもおさきと連《つる》んでいるかみさんで、おえんの家の斜向《はすむ》かいに、亭主卯之吉《うのきち》と子供四人で住んでいる。おえんはおさきと親しくなるにつれ、おまつとも話すようになっていた。

たっぷりと肉のついた腕を腰にあて、どんと立っているおまつには、多少のことではびくともしなさそうな頼もしさが漂っている。

「おさきさんに指南してもらったんです。ふだんあまりこういう恰好《かっこう》をしないので」

おえんは首の後ろに手をやった。人前で裾からげをするのが何となく恥ずかしくて、日ごろは水仕事のときも裾は下ろしたままである。

「指南したあたしが言うのも何だけどさ。あんた、ちっとも様《さま》になってないね。根っからのお嬢さんなんだわ、まったく」

おさきが、呆《あき》れたふうな目を向けた。

少しずつ明るんでいく空が、物干し場の隅《すみ》に立てられた七夕《たなばた》の笹竹《ささたけ》を蒼白《あおじろ》く浮かび上がらせている。笹竹は昨日、芽吹長屋の大家甚兵衛《じんべえ》が店子たちにと買い求めたものだった。住人たちは大人《おとな》も子供も、めいめいが短冊《たんざく》に願いをしたためて枝に括《くく》りつけていた。

「細おもてになれますように」と金釘《かなくぎ》流の文字で書かれた短冊が、おまつのぷっくりした頬《ほお》の横で風にそよいでいる。

「みんな、こっちに来てくれ。支度がととのったぞ」

六十年配の甚兵衛の声が通って、住人たちが井戸端に集まった。時がたつにつれて頭数が増え、十五人ほどになっている。

七月七日は、年に一度の井戸浚《さら》いの日である。この一帯の井戸は井之頭《いのかしら》池から神田上水を通して水を引いており、水源を共にする町々は、日を定めていっせいに井戸の掃除《そうじ》をする。

化粧側《けしょうがわ》が外された井戸の周りには三本の支柱が組まれ、その先に滑車が設けられていた。滑車に渡された綱の端には大桶《おおおけ》が括りつけられ、井戸に吊《つ》り下げられている。この綱の一方を長屋の住人たちで引っ張って、井戸の水を汲《く》み上げるのだ。

「それじゃ、綱に沿って一列になってくれ」

井戸のそばで井戸職人と言葉を交わしていた甚兵衛が、店子《たなこ》たちに声を掛けた。瘦《や》せぎすの甚兵衛は首が長くて鶴《つる》を思わせる相貌《そうぼう》で、声もきんきんしている。ふだんは身ぎれいにしているが、今日ばかりは尻端折《しりはしょ》りになり、筋張《すじば》った脛《すね》をあらわにしていた。

「おう」

「よしきた」

男たちは額《ひたい》に鉢巻、もろ肌脱ぎに裸足《はだし》という出で立ちで、それぞれの持ち場についた。

「おえんさん、あんたはあたしの後ろにつきな」

そう言われておえんはおさきの後ろで綱を手に取り、そのあとにおまつが続いた。

「おまつさんはもっと下がってくれよう。女の力持ちはお前さん一人なんだから」

「ここは余所《よそ》より男手が少ねえんだ、おまつさんが踏ん張らねえでどうする」

後方にいる男たちから声があがった。

井戸浚いは、その井戸を使っている人々が総掛かりで作業にあたる。長屋の住人たちもこの日は仕事を休むのが世間の相場なのだが、年中休みなしの魚河岸で働く者たちはそうも言っていられない。

魚河岸で働く連中は、夜のうちに井戸の化粧側を外したり支柱を組んだりといった下ごしらえをある程度手伝いはするが、刻限になると仕事に出てしまう。水を汲み出す作業は、あとに残った女房や、魚河岸に関わりのない職についている男たちでこなすのが、芽吹長屋の慣《なら》いとなっているのだった。

男たちの声には、でっぷりと肥えたおまつをからかう響きがまじっていたが、

「じゃ、あたしは後ろのほうに行くよ」

おまつは気を悪くするでもなく、すんなりと場所を移った。

「いいかい、みんな、わしの声に合わせて綱を引くんだよ」

「大家さん、ごたごた言ってねえでさっさと始めようぜ」

「そ、そうか。それじゃあ、引いた、引いた」

そーれ。

路地いっぱいに掛け声が響くと同時に、おえんは綱を握る手に力をこめた。井戸の周りでは、裸に腹掛け姿の子供たちが団扇《うちわ》を振り回して声を張りあげている。おまつの子供たちも「おっ母《か》ちゃん、そーれ、そーれ」と、母親を力づけていた。

おえんは、前にいるおさきを見よう見まねで身体《からだ》を動かした。井戸浚いの綱を引くのは初めてで、さっぱり要領がつかめない。ぐぐっと綱が引かれると、身体ごと後ろへ持って行かれそうになる。

「おえんさん、そんなへっぴり腰じゃ綱は引けねえぞ」

「いや、そうでもねえ。あの色っぽい尻を拝むと、けっこう力が出る」

後ろのほうで男たちの冷やかす声があがったところで、一回目の水が汲み上がった。水の七割方を汲み出すまで、これを繰り返すのである。

頬がかっと熱くなって、おえんは思わず尻へ手をやった。ひゅうっと、誰かが口笛を吹いている。

「ちょいと、あんたら。口先じゃなく身体を動かしな。まったく、色気のある女をみるとすぐ絡《から》もうとするんだから」

おさきが後方の男どもに大きな声を飛ばすと、男たちがどっと笑った。

「辰平《たっぺい》、お前もだよ。おえんさんのお尻に見とれて手を休めたりしたら承知しないからね」

こんどは声を低めて、おさきはおえんのすぐ後ろで綱を引いている辰平をじろりと見た。おさきと辰平は姉弟《きょうだい》で、同じ長屋で別々に住まっている。

「ば、何言ってるんだよ姉さん。おれはそんな……」

辰平が口をもごもごさせた。

あら、とおえんは目を留めた。この人でもこんな顔をすることがあるんだ、と意外に思ったのだ。日ごろは素っ気なくて心の動きを顔に出さない辰平の、ひどく初《う》心《ぶ》な一面を垣間見《かいまみ》た気がした。

「おいおい、みんなまじめにやってくださいよ。さあ、引いた、引いた」

大家の声で、住人たちがふたたび作業にかかる。

七割方の水を汲み上げたところで井戸職人が中に入り、底に溜《た》まった塵《ちり》や落とし物を取り除いたのち、みんなで残りの水を汲み干す。それからまた元のように化粧側をかけ、板戸で蓋《ふた》をして、井戸浚いはおしまいだった。

「これで向こう一年、井戸の水を安心して使うことができる。みんなご苦労さん」

井戸端にお神酒《みき》と塩をお供えした甚兵衛が店子たちにねぎらいの言葉をかけると、みんなから「ふうっ」と大きな息が洩《も》れた。

高くのぼったお天道様《てんとさま》が、日中はまだ夏の暑さでおえんの首の後ろをじりじりと灼《や》いている。おえんは頭の手拭《てぬぐ》いを外して、うなじの汗を押さえた。くたくたに疲れきって、身体じゅう汗まみれになっている。だが、こういうのも悪くはなかった。おさきやおまつも、晴れやかな顔に汗を輝かせている。

時折ふいてくる風に、笹竹の短冊や色紙がさらさらと音を立てた。

二

昼餉《ひるげ》をとってひと休みしたのち、おえんは糸を買いに表へ出た。内職の針仕事に用いる糸を切らしていたのを、すっかり忘れていたのだ。ふだん芽吹長屋にまわってくる小間物屋も、井戸浚いで商《あきな》いを休んでいる。どうしても明日までに仕立ててほしいと頼まれているので、今日のうちに糸を買っておかねばならない。

北鞘町《きたさやちょう》の糸屋で買い物をすませると、おえんは長屋のある東ではなく、南へ向かって歩きだした。日本橋川に架かる一石橋《いちこくばし》の南詰《みなみづめ》に、高さおよそ六尺ほどの石標が建っている。正面には「まよい子のしるべ」と大きく朱書きされ、向かって左面に「尋ぬる方」、右面に「知らする方」の紙が幾枚も貼《は》り付けられていた。

石標の右手に回って、おえんは貼り紙を一枚ずつめくった。

およね、五つ、痩せ、縞木綿《しまもめん》――ちがう。

とみきち、四つくらい、太め、鼻のわきにほくろ――ちがう。

名不詳、男、二つくらい、金魚柄の浴衣《ゆかた》――ちがう。

おえんは紙をめくるのをやめ、石標を離れた。迷子の特徴が記された紙はあと十枚ばかり貼られているが、すでに目を通したものばかりだった。このあいだここに来たのは、十日ほど前だったろうか。一石橋の袂《たもと》に迷子の石標があると知ったのは、芽吹長屋に越してきてひと月が経《た》った頃だった。それからこっち、表へ用足しに出ると、つい足が向いてしまう。

友松《ともまつ》……。

我が子の名を胸に呼んで、おえんは橋の下を流れる川面《かわも》を見つめた。吹き抜ける風が水面《みなも》に細かなさざ波をおこし、日射《ひざ》しが砕けて白く輝いている。河岸に植えられた柳が水辺に覆《おお》い被さるように枝を垂らし、そこだけ黒い影をこしらえていた。

松井屋の家族と花見に出かけた向島《むこうじま》で長男の友松とはぐれたのは、いまから九年前のことであった。その日、墨田堤に連なる桜並木はまだ三分《ぶ》咲きだった。六つになっている友松はともかく、歩き始めたばかりの次男幸吉《こうきち》も連れていくのでは何かと気ぜわしかろうと、いくらか時期をずらしたつもりだったが、飲み食いして騒ぎたいだけの連中にとっては花の咲き加減などどうでもよいらしく、土手はかなりの人出でにぎわっていた。花の下に敷物をしいて弁当を広げ、中には三味線《しゃみせん》に合わせて踊っている手合いもいる。花見客を当て込んで、団子や稲荷鮨《いなりずし》を売る屋台も並んでいた。

土手からは一帯の田園風景が一望でき、点在する百姓家がひなびた風情《ふぜい》をかもしている。

とはいえ、義父母と一緒では、おえんは心おきなく風情を味わうというわけにもいかなかった。美味《おい》しそうな匂《にお》いを漂わせている屋台が気になって仕方がない友松の動きにも目を配らなくてはならないし、女中のおたねに負ぶわれている幸吉も気にかかる。花の下でひときわ目立っているのは長唄《ながうた》の稽古《けいこ》仲間の一行であろう、座のなかほどで三味線を弾いている中年増《ちゅうどしま》のほうへ、ちらちらと目をやりながらのんびりと前を歩いている夫文治郎《ぶんじろう》が、おえんにはいささか憎らしかった。

おえんたちは適当な桜の根方に敷物を広げ、小僧の彦四郎《ひこしろう》が店から提《さ》げてきた弁当を食べた。食後のひとときを思いおもいにくつろいでいるところに、桜餅《さくらもち》を食べたいと友松が言い出した。

おえんたちのいる場所からは、野道を一本はさんだ先に長命寺《ちょうめいじ》の甍《いらか》がのぞめた。その門前で売っている桜餅がこの界隈《かいわい》の名物だと、友松は誰かから聞いていたのかもしれない。

文治郎は両親と桜を眺めてくると言って、その場を離れていた。一日じゅう主人一家とべったりでは窮屈だろうと、彦四郎にはそのへんをひとめぐりさせている。

敷物に残っているのは、おえんと友松、幸吉、女中のおたねきりだった。

「お父《と》っつぁんか彦四郎が戻ってきたら、連れて行ってもらいなさい」

友松の両手を取って、おえんは倅《せがれ》を諭《さと》した。

「いやだい。いますぐ食べたいんだ」

友松が口をとがらせる。

「じきですよ。辛抱《しんぼう》おし」

「やだったら、やだ」

友松がおえんの手を振りほどいた。

そのとき、後ろで幸吉が泣き声をあげた。今しがたまでおたねと機嫌《きげん》よく遊んでいたのに、何か気に食わぬことがあったようだ。

「おいら、祖母《ばあ》ちゃんに小遣いもらったから、それで買ってくる」

おえんが振り返ったときには、友松は履物に足を入れて駆《か》け出していた。

「これ、友松。お待ち」

腰を浮かしかけたのに後を追わなかったのは、お腹《なか》がいっぱいで苦しかったのと、義父母からしばしのあいだ解放された気の弛《ゆる》みで、動くのがおっくうに感じられたせいだった。桜餅を売る茶店はすぐそこで、白絣《しろがすり》を着て駆けていく倅の姿を目で追うことができたというのもある。

友松が茶店の軒先《のきさき》に入ったのを見届けて、ぐずっている幸吉に視線をやり、ふたたび茶店の軒先へ向けたおえんの目に、しかし友松の姿は映っていなかった。

「おたね、幸吉を見ていておくれ」

「お内儀《かみ》さん？」

やにわに立ち上がったおえんを、おたねが怪訝《けげん》そうに見上げた。

茶店には桜餅を買いにきた客が列をなしていた。菓子折りを買うだけの者もあれば、緋毛氈《ひもうせん》を敷いた床机《しょうぎ》に腰掛けて茶とともに一服していく者もある。だが、友松の姿はどこにも見あたらなかった。

「あの、ちょっと前に、これぐらいの、白絣を着た子供が参りませんでしたか」

おえんは、盆に並べた桜餅を客の注文に応じて紙に包んでいる女に訊《たず》ねた。

「さあねえ。お花見の時期は、子供さんだけで買いにくることも多いから……」

せわしなく手を動かしながら応《こた》える女の前にできた行列には、友松くらいの年頃の子供も幾人か混じっている。

桜の根方に引き返すと、文治郎と義父母、彦四郎やおたねが案じ顔で待っていた。友松は、戻ってきていなかった。

花見の人混みを見回っている、土地の岡っ引きをつかまえて事情《わけ》を話し、村から人を出してもらって探したが、友松は見つからなかった。深川に帰ったのちも、しかるべき筋に届けを出して捜索を頼んだ。むろん、松井屋でも文治郎みずから探してまわった。もしや大川に落ちたのではないかと、ずいぶん下流のほうまで手を広げたが、子供の遺体は上がらなかった。

人混みで子供を一人にしたことを、文治郎にも義父母にも、さんざん詰《なじ》られた。おえん自身も、己れを責め続けた。どうしてあのとき、すぐに友松を追わなかったのだろう。あのとき、あの手を離しさえしなければ。

おえんは己れの手に目をやり、それから橋の下を流れる川に視線を移した。水は相変わらず光を反射して流れているが、柳がこしらえた影の部分は黒く淀《よど》んで、そこだけがさっきからずっと時を止めているように見える。

何事もなく育っていれば、今ごろは十五歳、元服していてもおかしくない年頃だ。大人になった友松を想像しようとしても、肩に縫い上げのある着物に髪を芥子《けし》坊《ぼう》にした童子姿しか浮かんでこない。

柳の影に、いつまでたっても六つのままでいる友松の笑顔が重なったとき、肩を後ろから思いきり突かれて、おえんは物思いを途切らせた。

ぶつかってきた女はひと言の詫《わ》びもなくおえんの前に出て、迷子の石標へふらふらと近づいてゆき、石の右側に回り込むと、貼り紙を一心に読み始めた。

色白で身体つきのほっそりした女であった。くっきりとした二重《ふたえ》の目が、ととのった顔立ちをかえって物悲しそうに見せている。

紙を幾枚か繰ったところで、女が小さくかぶりを振った。

盛り場や縁日に行った子供が親とはぐれるというのは、少ない話ではなかった。そうしたときの用心に、親は住処《ところ》や親の名を記した札を子供に持たせており、たいていの迷子は数日のうちに親許《おやもと》に戻ることができた。迷子を見つけた側にも、町内で面倒をみなければならぬ定めがあって、なんとか親許に帰そうと手を尽くすのである。

だが、友松の行方《ゆくえ》につながる手がかりは、何一つつかめなかった。裕福な商家の子供を狙《ねら》った拐《かどわ》かしであれば、犯人が身代金《みのしろきん》を要求してきそうなものだが、そういう気配もないのだった。

おえんは悔恨《かいこん》と絶望のあいだを幾度も行き来した。その末に、友松は神隠しにあったのだと思うことにした。神さまの国か天狗《てんぐ》の国か、それはわからないけれど、あの子はきっとどこかで生きている。そう思わなければ、この世で息をすることさえ虚《むな》しくなる。

一石橋の袂に迷子の石標が建てられたのは、今から二年前のことである。友松が行方知れずになったのはもっと前の話だし、ここは向島からもずいぶんと離れている。我が子の特徴を記した紙が貼られていることなど、あるはずがないのだ。

頭ではわかっているつもりでも、ついつい足を運んでしまう。

先刻の女はあきらめがつかぬ様子で、貼られた紙を一からめくり直していた。大きな目が、心なしか血走って見える。

まるで己れの姿を見ている気がして、おえんは石標に背を向けた。

三

七夕の笹竹が取り払われ、表通りに草市が立ち始めると、たった数日のあいだに町の空気がすっと入れ替わって感じられる。十三日の暮れ方には家々の門口《かどぐち》で苧殻《おがら》を焚《た》く煙がくゆって、江戸は盂蘭盆《うらぼん》を迎えた。

あくる日、おえんは簡単に昼食をすませて器を井戸端で洗っていた。いつも一緒に手を動かしているおさきとおまつは顔を見せていない。

おまつの一番上の子供は海太《うみた》といって、浅草《あさくさ》の指物《さしもの》職人の許で修業奉公をしている。その海太が、明後日には藪入《やぶい》りで帰ってくる。買い揃えておくものがいろいろあるのだとかで、おまつは朝早くから出かけてまだ帰ってこない。路地にはおえんが響かせる水音のほかに、お経《きょう》を唱える声が低く太く流れている。

先だって井戸浚いをしたばかりの井戸から汲んだ水は、それまでより澄んでいるようで、使っていて気持ちがいい。やがて、読経《どきょう》がやみ、法衣《ほうえ》に身をつつんだ坊さんが路地へ出てきた。読経は、とっつきにある辰平の家から聞こえていたのだった。

黒絽《くろろ》の法衣が木戸口に消えていくのを見るとはなしに見送っていると、いましがた坊さんを吐き出した腰高障子がまた開いて、おさきが姿を見せた。

「あら、おえんさん」

おさきが手を上げた。

親御さんに棚経をあげてもらったのかしら。そう見当しかけて、でも、とおえんは思い直した。おさきの実家《さと》は雉子《きじ》町にある。ここ瀬戸物町からは歩いて四半刻《しはんとき》とかからぬこともあり、ちょいと母親の顔を見てくるといって、おさきはちょくちょく出かけていく。父親は亡《な》くなっているのかもしれないが、それなら母親が息災に暮らしている実家に御霊《みたま》をお迎えするのが筋だし、わざわざ姉弟《きょうだい》の長屋に坊さんを呼ぶこともなかろう。

それにしても、坊さんに棚経をあげてもらうとは、なんとも手厚いものだ。簡素な精霊棚《しょうりょうだな》をしつらえてお経を唱える住人は芽吹長屋にもいるものの、布施《ふせ》を包んでまでして坊さんにきてもらう者は滅多《めった》にいない。おえんにしたところで、昨日、両親の墓参りをしてきたのがせいぜいであった。

それじゃどなたの御霊なんだろう、とおえんは首をかしげたが、何となく訊《き》くのがためらわれているうちに、おさきが近づいてきた。線香のよい香りがする。

「おえんさん、お茶を淹《い》れてもらえるかい」

「ええ、いいですよ」

「長々とありがたい説教を聞かされて、肩が凝《こ》っちまってさ」

まだそのへんにいるかもしれない坊さんが聞いたら目をむきそうなことをずけずけと言ったおさきが、おえんの家の戸口に掛けられている木札に目を留めた。

「なかなかよく出来てるじゃないか、これ」

木札には、こう書かれている。

――ご縁の糸、結びます　おえん――

先だって、おえんはひょんな成り行きからある縁談をとりもった。芽吹長屋の住人であったおりつは、話がまとまるとほどなく、大伝馬町《おおでんまちょう》にある葉茶屋「湊屋《みなとや》」恭太郎《きょうたろう》に嫁《とつ》いでいった。祝言《しゅうげん》の宴は、長屋にほど近い浮世小路の料亭「百川《ももかわ》」の広間で、盛大にとりおこなわれた。裏長屋の娘が大店《おおだな》の跡取りと結ばれるという、いささか身分違いの縁組であったが、新郎の母親お寅《とら》が家柄よりも人柄に重きをおく人で、祝宴には湊屋の親戚筋《しんせきすじ》のほかに、芽吹長屋の店子たちも招かれたのだった。

新婦のおりつは魚河岸で働く仲買人《なかがいにん》だし、店子たちも魚河岸に関わる者が多い。花嫁の仕事仲間が選《え》りすぐって届けた魚の活《い》きのよさといったら、江戸で五指に入るといわれる百川の料理人も目を見張るほどだった。極上の素材を用いた料理の数々は、いずれもとびきりの美味しさで、湊屋の親戚内でもおりつの株が大いに上がったらしい。

ところで、祝言に先立って、おえんはお寅から祝儀を渡された。いったんは遠慮したのだが、「人の気持ちは素直に受け取るものですよ」と諭されて、ありがたく頂戴《ちょうだい》することにした。気むずかし屋で通っているお寅がなんともいえぬ穏やかな笑みを浮かべていて、おえんまで嬉《うれ》しくなった。他人様《ひとさま》の感謝がこもった金子《きんす》は、なんと尊いものだろう。針仕事でも礼は言われるが、それとはまた別の感慨を、お寅の笑顔は呼び起こしたのだった。

お寅が「ほんの気持ち」と言った祝儀には、二分も包んであった。こんなにいただいてはもったいないと思いつつ、ひょっとしたらこれは商売になるかもしれない、と思い当たった。

他人様の厚意に崇高な想《おも》いを抱いたはしから、それをおまんまの種にできるのではないかと考える自分は、浅ましい人間だろうか。けれど、人は霞《かすみ》を食べて生きているわけではない。

「その木札、ちょうどいい大きさでしょう。普請場《ふしんば》のそばを通りかかって、木っ端《こば》をもらってきたんです」

おえんが腰高障子を引きながら応えると、おさきは二度ばかりうなずいたが、土間に入るなり呆れ声をあげた。

「あれま、また新しいのがある」

おさきの目が、壁に掛かっている着物へ吸い寄せられている。そのわきをすり抜けるようにして、おえんは部屋に上がった。

「その、ね。布地があんまり傷《いた》んでなかったんですよ。ほ、ほら、この海老茶色《えびちゃいろ》も褪《さ》めてないでしょ。古着屋のご主人にお訊ねしたら、これで百二十文《もん》だっていうから、買わなきゃ損だと思って」

おずおずと応えるおえんに、おさきが眉《まゆ》をひそめた。その因《わけ》には察しがつく。おえんは十日ほど前にも、古着屋で別の着物を買っていた。

「そりゃ、お買い得かもしれないけど、よくもまあお銭《あし》が続くもんだ」

毒を吐いて、おさきが上がり框《かまち》に腰掛ける。

おえんは火鉢の鉄瓶《てつびん》に沸いている湯で茶を淹れて、おさきの前に湯呑《ゆの》みを置いた。

「湊屋さんからいただいたご祝儀があるので……」

「そんなこた知ってるよ。あたしが言いたいのは、あればあるだけ使っちまう、その了簡《りようけん》がわからないってこと。針仕事の手間賃で活計《たつき》を立てているところにご祝儀が入って、気が大きくなってるんじゃないのかい」

図星である。おえんは返事に詰まった。

「これが男の独り身だったら、うるさいこた言いやしないよ。銭なんか貯《た》めるやつはしみったれだってのが、江戸っ子の心意気だからね。でも、おえんさんは女子《おなご》だ。先立つものは、ないよりあるほうがいいに決まってるだろ」

「無駄遣いはなるたけしないでいようと思ってはいるんですけど、つい」

おえんが応えると、おさきは深々とため息をついた。

「財布の紐《ひも》が弛んでるっていうより、おえんさんの財布には、はなっから紐がついてないのかもしれないねえ」

おさきの声には、どこか毒気を抜かれたような響きがある。

実家の元番頭、丈右衛門《じょうえもん》にも、「金子を場当たり的に遣ってはなりません」と、先だって恐《こわ》い顔で意見されたばかりだ。しかし、古着屋の店先に吊られている着物が目についた途端《とたん》、欲しくてどうしようもなくなるのだ。それを着て、どこへ行くというあてがあるわけではない。そもそも着るかどうかすらおぼつかない。なのに、手に入れたい、手に入れなければ、という心持ちになってしまう。

「ご祝儀だけで食べていけるほど世の中は甘かないよ。ご縁の糸を結ぶのもけっこうだけど、これまで通り、針仕事にも身を入れることだね」

おさきは茶を飲むと、そう言って腰を上げた。

きついことを言われたはずだが、おさきに突き放された感じはしなかった。むしろ、そのまっすぐな物言いは、娘時分に行儀作法を厳しくしつけてくれた母の慈愛を思い出させた。

四

家々の門口で送り火が焚かれたあくる日、おえんの長屋を訪ねてきた人があった。

「ごめんください」

土間口に立った男は五十半《なか》ばといったところか、押し出しのきいた体格に単衣《ひとえ》の着物をまとい、羽織を重ねている。篤実《とくじつ》そうな面立《おもだ》ちで、ひとかどの商家の主人に見えた。

「あの、少々厄介《やっかい》な縁談でもとりまとめてくださるのは、こちらさまでございましょうか」

男がおずおずと切り出した。

縁結びを請け負う木札を軒先に出してはいるが、べつにわけあり専門をうたっているわけではない。おえんが首をかしげていると、男は言葉を足した。

「魚河岸の仲買人と葉茶屋の若旦那《わかだんな》の縁をとりもったお方が、この長屋にお住まいとうかがいまして」

「でしたら、わたくしのことかと」

おえんは上がり框に膝《ひざ》をついた。

男がほっとした表情になった。

「手前の娘にも良いご縁をお願いできないものかと存じまして、おうかがいしたのでございます」

はてな、とおえんは思った。

「娘さんの縁談に、何か差し支《つか》えがおありなのですか」

男が土間口に立ったときに口にした言葉が引っ掛かった。

「そのう、これまで縁談はいくつかあったのですが、娘がなかなかうんといいませんで……」

男の表情がわずかに曇った。

「お話をうかがいましょう。狭いところですが、どうぞお上がりください」

「いや、こちらで構いません」

女のひとり所帯に上がり込むのは気おくれするとみえて、男は上がり框に腰掛けた。

おえんは、火鉢で湯気を上げている鉄瓶を取って茶を淹れた。

湯呑みを手にした男は、茶をひと口すすって「ほう、これはうまい」とつぶやいた。

「申し遅れました。手前は佐久間町にて棺桶屋《かんおけや》を営んでおります、江坂屋太左衛門《えさかやたざえもん》と申します」

今年で二十六になるひとり娘彩乃《あやの》に婿《むこ》を取りたいのだと、太左衛門は言った。

世間では、娘はだいたい二十くらいまでに縁付くのがたいていであった。二十六は、だいぶ嫁《い》き遅れている。

「娘さんに、縁談のお相手が気に入らない理由をお訊ねになりましたか」

「それが、自分はこのまま独り身を通すと言うばかりでして。そんなに店の跡取りが欲しければ、お父っつぁんの気に入った男を養子にして、その連れ合いも余所から連れてくればいいじゃないかと、そんなことを申すのでございます」

そういって、太左衛門は広い額を指で掻《か》いた。

「これは想像にすぎませんが、娘さんには心に決めた方がおいでなのではないでしょうか。ずっと慕い続けているけれど、容易には添うことができないお方とか」

「それはないと思います。その、これは男親の当てずっぽうではなしに、家内も申しているのでして」

　太左衛門はもうひと口、茶をすすって、太い息を吐いた。

「娘の意に染まぬ縁組を無理に押し進めるのも不憫《ふびん》だと思い、いずれ気に入る相手が見つかればと悠長《ゆうちょう》に構えておりました。ですが、二十六にもなりますと、縁談そのものが舞い込むこともなくなりまして」

　小さくうなずき返しながら、おえんは耳を傾ける。

「ひとり娘とあって、わたしもいくらか甘やかしすぎました。娘が何と言おうと、次こそは話をまとめる心づもりでおります」

「娘さんを想うお気持ち、心に沁《し》み入《い》りました。ところで、ご当人はこのことをご存知なのですか」

「いえ、わたしがこちらへうかがったことは、娘には内密でお頼みいたします。当人に話を切り出すのは、相手の見当がついてからでもよかろうと存じております」

　婿養子を取るという条件は譲れないが、そのほかは高望みしないと太左衛門は言った。家柄や、いまの職についても気にしないという。

「そうは仰言《おっしゃ》いましても、商いの心得のない人をお婿さんにするわけには参りませんでしょう。お店の手代《てだい》さんを養子にするとか、ご思案なさったことはないのですか」

「それも娘が嫌がりましてな。なに、婿に入ってから商いを仕込んでも遅くはありません。番頭が一からみっちり鍛えますので。それに、人間はいつか必ず死ぬものと決まっておりますから、棺桶を求める声はなくなりませんし」

太左衛門の理屈には妙な説得力があって、おえんはなるほどそういうものかと得心した。

五

「で、請け負ったのかい」

おさきの口調は、おえんの安請け合いをあからさまに咎《とが》めていた。

おえんの左隣におさき、そのまた左隣におまつが陣取って、井戸端で洗濯をしている。

「だって、お婿さんに支度金を五十両も出すって仰言るんですもの」

「へっ」

手にしている亭主の下帯を、おさきがぐっと揉《も》みしだいた。盥《たらい》のまわりに水しぶきが飛び散る。

江戸で仲人《なこうど》が縁談をとりまとめると、持参金の一割ほどを祝儀として渡すのが暗黙の取り決めのようになっていた。江坂屋の場合、名目は支度金ながら彩乃の縁談がまとまれば、おえんに五両の礼金を出すと暗に匂わせたのである。十両あれば長屋住まいの四人家族が一年食べていけるというから、ひとり暮らしのおえんに五両は破格の金高であった。

「おえんさん、この話を引き受けなかったら女がすたるよ」

打って変わった口ぶりで、おさきが言葉に力をこめた。

おえんはそっと苦笑する。

「これからお婿さんを探さないと。わたくしも丈右衛門に訊くつもりですが、どこかによい方がいないか、おさきさんから辰平さんにもあたっていただけませんか」

本来はおえんがじかに話をするのが筋だが、辰平には何となく近寄りがたいものが漂っていて、気安く声をかけられないのだ。おさきの弟なのが、おえんにはどうにも信じられない。

「まかせておくれ」

胸をそらせたおさきが、にやりと歯を見せた。

「うまく事が運んだあかつきには、花和《はなわ》の羊羹《ようかん》をごちそうしてくれるかい」

花和は浮世小路にある菓子舗だ。濃厚な小豆《あずき》の風味となめらかな舌ざわりで、とくに羊羹には人気があった。

「もちろんですとも」

おえんはおさきに請け合った。

「あんたにお銭をもたせると、次から次に着物を買い込んじまうからね。すっからかんになる前に、もっと実《じつ》のあることに使わないと。ね、おまつさん、あんたも一緒に食べにいくだろ」

例によって言いたい放題で、おさきはおまつにも話を振る。

「え？　あ、ああ」

夢から覚めたような顔をして、おまつがおさきを見た。盥に突っ込んだ手も、おしめをつかんだまま止まっている。

「やだよ、おまつさんったら。あんた、藪入りで張り切りすぎたんだね。海太が親方んとこに戻ったら、すっかり気が抜けちまって」

「うん、そうなんだよ」

拍子《ひょうし》抜《ぬ》けするほどあっさりと、おまつが相づちを打つ。

「しっかりおしよ。あんたの子はなにも海太ひとりじゃない。下にまだ四人もいるんだから」

おさきが活を入れるのへ、おまつは弱々しくうなずいた。

おまつの気持ちが、おえんは少しばかりわかる気がした。子供が幾人いようとも、海太は海太だけ。きょうだいのそれぞれに同じだけ母親の慈愛を注いでも、子供はいずれもみんな違って、みんなかけがえのない一人なのだ。海太が手許にいない寂しさは、海太でなければ埋められない。

「まあ、支度金つきなら、婿になりたいって男はわんさかいるだろうね。うちの亭主にゃ話を聞かせられないよ。でないと、あたしと別れて江坂屋の婿に入るって言い出しかねないもの」

冗談ともつかぬ口ぶりで、おさきが言った。

しかし、婿のなり手にふさわしい男は、なかなか見つからなかった。支度金に釣られて手を上げる男は数え切れないほどいるのだが、だからといって誰でもいいというものではない。れきとした商家の婿に入るのだから、ちゃらんぽらんな遊び人や、気性の荒い男では困る。

貸本屋の辰平は、日本橋の南側一帯と外神田《そとかんだ》界隈に出入り先を多く持ち、客層も商家の奥向きやその奉公人、長屋の住人まで広くわたっていたが、商家の奉公人でそれなりの働きをしている者はお店で昇進する日途《めど》がついているし、長屋住まいでもまともな連中はいっぱしの職についていて今さら商売替えなどするはずもなく、これぞという男はそうそう浮かばないのだった。

七月もそろそろおしまいというある日、おえんは辰平が渡りをつけてくれた相手の許に出向いた。平松町にある線香問屋が、三男坊の婿入り先を探しているという触れ込みであった。

だが、結局のところは無駄足だった。

店を辞したおえんの足は、しぜんと一石橋のほうに向いていた。うまくいかないことがあったときや気持ちが沈みがちなとき、ここに来れば何となく心が落ち着く気がするのだ。

橋を北側へ渡っていく女の姿があった。先だって、おえんにぶつかったのに頭も下げず、迷子の石標に貼られた紙に見入っていた女である。

うつむきがちにとぼとぼと歩いていく後ろ姿を、おえんは痛ましく見送った。

線香問屋では、主人夫婦と三男坊がおえんと話をした。「佐久間町の商家で、ひとり娘に婿をさがしている」とだけ辰平から耳にしていた線香問屋は、おえんが仔《し》細《さい》を語ると、真っ先に三男坊が眉をしかめた。

「棺桶屋だと、人の死骸《しがい》を毎日見ることになるのかな」

「さあ、毎日ということもないでしょうが、ご商売柄、仏さまに接する折はございましょうね。けれど、人というものはいずれあの世へいくものですし……」

「縁もゆかりもない仏さまを拝まなきゃならないなんて、おれは御免だな」

「そう無下《むげ》になさらず、いま少しご思案いただけませんか。その娘さん、それはおきれいで気持ちもやさしい方だそうですよ」

不平を並べる三男坊の気を引き立てようと、おえんは見も知らぬ彩乃を褒《ほ》めちぎった。江坂屋太左衛門が内密に事を運びたいというので、おえんは彩乃本人に会うこともならず、それゆえ辰平やおさきの亭主鉄造に頼んで、人と柄《なり》を幾らか調べてもらっていた。彩乃という娘は齢《とし》こそ食っているものの器量よしで、近所の評判も悪くはないらしい。

「また、そういう仲人口はよしてくださいよ。だいたい、二十六になるのに貰《もら》い手がないなんて、何か不具合があるに相違ないんだ。ねえ、お父っつぁん」

「ふむ」

父親も倅の無遠慮な口のきき方を叱《しか》ることもなく、むしろ同調するように苦い顔をしている。母親は母親で、男たちに口を出す気はなさそうだった。

線香問屋でのもやもやした気持ちが、一石橋の袂に立っても尾を引いている。

迷子の石標には、また一枚、新たな紙が加えられていた。しかしむろん、そこに友松の消息は記されてはいない。

頭上に広がる空は、すっきりと晴れ渡っている。だが、果てしなく続く青が、おえんの目にいささか沁みた。

六

「へえ、いちいちぜいたくを言うもんだね」

線香問屋での首尾を聞いたおさきが口をとがらせた。

「辰平さんに申し訳なくて」

「気にすることないよ。男女の縁なんてのは、容易に片がつくもんじゃないし」

戸口での立ち話である。おえんは、つま先に視線を落とした。

「あのう、ちょっと思いついたんですけど、辰平さんはどうなんでしょうか」

「何が？」

おさきがきょとんとした顔で訊き返す。

「辰平さんが、江坂屋のお婿さんに入るっていうのは」

「ああ、それは無理。あれにはそういう気がまったくないから」

おさきは思案する間もなく受け流した。

「何かわけがあるんですか」

おえんが訊ねると、おさきは襟許《えりもと》に顎《あご》を埋めるようにして、ゆっくりと口を開いた。

「四年前の地震を覚えてるよね」

「ええ」

忘れようにも忘れられない、とてつもなく大きな揺れだった。初冬の晩のことで、寝床に入っていたおえんは飛び起きた。揺れがおさまると、じきにあちらこちらで半鐘《はんしょう》の音が鳴りだし、おえんは夫や店の奉公人たちとともに表へ逃げた。むろん、幸吉も一緒である。火の海と化した深川で、おえんは一晩じゅう幸吉を負ぶい、火の手から逃れきったのだった。

「あの地震で、辰平は女房と娘を亡くしたんだ」

沈痛な面持ちで、おさきが言った。

「あんときは死人がいっぱい出ただろ。棺桶が足りなくて、やっとのことで醤油《しょうゆ》樽《だる》を一つもらってきてさ。二人を一緒に納めて葬《ほうむ》ったんだよ」

坊さんに棚経をあげてもらっていたのはそういうわけだったのかと、合点《がてん》がいった。

棺桶屋は気味悪くておっかないとうそぶく者の話を聞いたら、辰平はどう思うだろうかと考えて、おえんは胸が痛んだ。

七

江坂屋の彩乃に引き合わせる相手は浮かんでこなかった。丈右衛門も、得意先や知り合いに問い合わせてくれたのだが、婿養子に入るつもりはないとか、年齢が釣り合わないとかで、何かしらけちがつくのだ。

自身の縁組はこんなに難渋することはなかったのにと、おえんはかつてを振り返る。

おえんと松井屋文治郎の縁談がととのったのは、今からざっと十五年前であった。仲立ちしたのは、双方の家に出入りしていた医者である。縁談を持ちかけられたおえんの父が文治郎の吊《つ》り書《がき》に目を通し、親戚筋と相談したうえで、この男でよかろうと判断を下したのだった。

水茶屋の床机《しょうぎ》に腰掛けている文治郎の前を、医者の女房に付き添われたおえんが通りかかるという、形ばかりの見合いもした。そのとき目にした文治郎の容貌《ようぼう》に、おえんはぽうっとなった。文治郎のほうも否《いな》やはなかったようで、縁談が持ち上がってまとまるまで、わりとすんなり運んだ憶《おぼ》えがある。

こんど太左衛門が訪ねてきたら、いかに応じたものかと思案をめぐらせながら針仕事をしていると、長屋の腰高障子が開いた。

「おえんさん、こんにちは」

「あら、おりつさん」

湊屋へ嫁いだのちも、おりつは魚河岸の仲買人を続けており、五日に一度は仕事帰りに顔を出してくれる。

「活きのいい鰯《いわし》が入ったんだ。醬油と酒でさっと煮ると美味しいよ」

言いながらおりつは流しに立って、ざるに山盛りにしてきた鰯を慣れた手つきでさばき始めた。下ごしらえをすませると、醬油や酒を目分量で鍋《なべ》に注ぎ入れる。

そこまで仕込んでから、おりつは上がり框に腰掛けた。

「まず煮汁を沸かして、それから鰯を入れておくれ。煮すぎると旨味《うまみ》が飛んじまうから気をつけてね」

「いつもありがとう。おりつさんのおかげで助かるわ」

おえんは茶を淹れておりつの前に置いた。煮炊《にた》きに不慣れなおえんを気遣って、おりつは煮汁の按配《あんばい》までととのえてくれるのだ。

「いいってこと。こんなのお安い御用だよ」

さばけた調子で言って、おりつが湯呑みを口許《くちもと》へ運んだ。ひと口のんで、「湊屋《うち》のお茶が美味しいのはむろんだけど、おえんさんが淹れてくれたのは格別だね」とつぶやく。

以前は肩までたくし上げていた袖《そで》も、ごくふつうの襷掛《たすきが》けにし、じれった結びにしていた髪は、きちんと丸髷《まるまげ》に結っている。おりつがぐっと女らしくなったのは、だが、身ぎれいにしているからというだけではないだろう。恭太郎という伴侶《はんりょ》を得、義母お寅の信頼を一身に浴びて、仕事場とはまた別の場所で求められるようになった自信が、全身から滲《にじ》み出るようだ。

魚河岸の朝は早いけれど昼ごろには一段落つくので、おりつは湊屋に帰ってひと眠りし、夕方になると起き出して台所を手伝っている。当人は仮寝などせずに家のことをすると意気込んでいたのだが、はなからそんなに張り切っていてはいずれ身体がもたなくなると、お寅に諭されたという。

　とはいえ、怒声が飛び交う魚河岸の仕事をあがってまっすぐ帰っても、湊屋の嫁に気持ちを切り替えるのは容易ではない。どこかでひと息つきたくて、ここに立ち寄るに相違ないと、おえんは踏んでいる。

「恭太郎さんとはうまくいってるの」

　おりつには齢の離れた妹のような親しみを感じていて、気がつくとおえんはいつも同じことを訊ねている。

「わたしの朝が早くてすれ違っちまうもんだから、夜、その日にあったことを話し合うことにしていてね。うちの人ったら、わたしが疲れてるのを気遣ってか、面白いことを言って笑わせようとしてくれるの」

　おりつの口許から白い歯がこぼれて、新妻《にいづま》らしい色気が匂い立つ。その笑顔をほほえましく見つめながら、おえんは湯呑みに茶を注ぎ足してやる。

　おりつが湯呑みに口をつけて、言葉を続けた。

「そうそう、面白いっていえば、うちの人の従兄弟《いとこ》にちょいと変わった人がいて」

「変わった人？」

「弥之助《やのすけ》さんっていうんだけど、歌川風三郎《ふうざぶろう》って名で絵描きをやっててね」

浜町で、やはり葉茶屋を営んでいる「小暮《こぐれ》屋」の惣領《そうりよう》息子だが、子供時分から店の商いにはちっとも関心を示さず、年頃になると歌川派の師匠の家に住み込んで修業を始めたという。

「お店の跡取りに絵描きになられたんじゃ、親御さんは大弱りでしょう」

「それがそうでもないらしいんだ。長男に身代《しんだい》を継がせるのはとうにあきらめて、次男を若旦那にしたんだって。当の弥之助さんも、それでまったく気にしていないみたい」

「たしかに、ちょっと変わった人ね」

「それだけじゃないんだ。弥之助さんが描くのは、骸骨《がいこつ》とか幽霊の絵ばっかりでね。それでも売れりゃいいんだけどからきしで、ほかに食べていく算段をつけなきゃならないって、親御さんはそっちのほうで頭を抱えてるんだとか」

そう言って茶を飲み干したおりつの袂を、おえんは思わずつかんでいた。

「おりつさん、その弥之助さんって人、齢はおいくつ？」

八

猿若町の芝居茶屋に入ると、江坂屋と小暮屋の一行も到着したばかりだとのことで、おえんはまず江坂屋がおさまっている座敷へ挨拶《あいさつ》に行った。女中に案内された部屋の外から声をかけると、太左衛門が廊下に出てきた。

「おえんさん、本日はよろしくお頼みいたしますよ」

「こちらこそ。打ち合わせたとおり、わたくしは先方の桟敷《さじき》に同席いたしますので」

「はい、心得ております」

「その前に、こちらのお嬢さまにご挨拶できましたらと」

「あ、それはちょっと」

太左衛門が両手を押し出したが、おえんは構わずひょいと中をのぞき込んだ。淡い桜色の着物に身を包んだ娘が、母親に付き添われて坐《すわ》っていた。

「あら」

おえんはわずかに目を見張った。しかし、娘はおえんと目が合うと、隣にいる母親の背に隠れてしまった。

「これはご無礼を、どうかご容赦《ようしゃ》ください。娘はたいそうな恥ずかしがり屋でございましてな。見合いを前に、相当あがっているようです」

太左衛門が苦笑しながら額に手をやる。

「こちらの方が、彩乃さんでいなさるのですね」

袖で顔を覆っている娘に視線をあてたまま、おえんは訊ねた。

「照れているようですが、見合いについては娘も承知して参っているのでございます。このご縁、しっかりまとめていただきたいと存じております」

両手を身体の前に戻して、太左衛門が丁寧《ていねい》に頭を下げた。

次に、小暮屋親子がおさまる二階西側の桟敷に向かうと、弥之助が手すりから身を乗り出していた。

「これ弥之助、みっともないまねはよせ」

父親に咎められて、弥之助が振り返った。

「そんなこと言っても、相手の顔が見えないんだから、こうするよりないでしょう」

「お父っつぁんに口応《くちごた》えするのはおよし」

母親にもいさめられると、歌川風三郎こと小暮屋の惣領息子弥之助は肩をすくめた。

父親の茂兵衛《もへえ》は五十がらみ、一重《ひとえ》の吊り目がややきつい感じだが、半白の髪がそれをよい加減に和らげている。細身の身体に唐桟《とうざん》の着物と羽織を着けていた。

倅の弥之助は三十一、目許は父親に似ているものの、視線の動かしようや身ごなしに、どことなくひょうひょうとしたものを漂わせている。

おえんが小暮屋の主人夫婦と顔を合わせるのはこれが二度め、弥之助とは三度めである。初めて会ったのはおりつの嫁ぎ先、湊屋においてであった。おりつの亭主恭太郎を通じて縁談を持ちかけたところ、まずは主人夫婦が食いついてきた。家の商売に見向きもせず絵描きに弟子《でし》入りし、薄気味悪い絵ばかり描いている倅の行く末を、両親は陰《かげ》ながら案じていたのだ。

とはいえ、弥之助が途方もない夢をやみくもに追いかけているのでないことは、おえんも当人と話してみて察しがついた。

商いは地道《じみち》な努力を積み重ねればそれなりの実りを手に入れられるが、絵の道はさらに、己れの中の何かを捨てて、退路を断つくらいの覚悟がなくては極みに至れない。弥之助はそれをじゅうぶんにわきまえて、三十になるまでは絵の道にすべてを捧《ささ》げ、世の中に己れが通用するか試してみたいと望んだのだった。しかし、茂兵衛がその数年を辛抱できず、早々に店を次男に継がせたのである。

三十を過ぎた弥之助は、いっこうに芽が出ない現状を受け容《い》れ、筆を折る肚《はら》を決めたのだった。その潔《いさぎよ》さに、おえんは胸を打たれた。「棺桶屋なら、亡骸《なきがら》をたびたび目にするだろうな。本物の幽霊にお目にかかれるかもしれねえ」と、怖気《おじけ》づく様子がないところも、度量の大きさを思わせた。

江坂屋の意向を訊ねたところ、まずは芝居でも観《み》て顔合わせをしたいという返事で、見合いの日取りが定まったのであった。

二階の桟敷といっても舞台からは遠い平桟敷だが、芝居そのものを観るのが眼目ではないから、役者の顔が多少見えにくいのは致し方ない。しかし、ただでさえうす暗い小屋の中、平土間をはさんだ真向かいの東桟敷には御簾《みす》が半分ほど垂れていて、江坂屋の彩乃の顔をさえぎっている。やんごとなき身分の方が芝居を見物するときなどに御簾を垂らすことがあるが、ふだんはむろんそうしたことはなく、東側で御簾に覆われているのは江坂屋の桟敷きりであった。

弥之助を少しばかり気の毒に思いながら、おえんは向かいの桟敷を見つめた。このたびの弥之助の身なりには、おえんもずいぶんと口を出している。なにしろ、初めて対面したときの弥之助ときたら、縞の着物をぞろりとまとったうえに袖口から小紋を散らした撫子色《なでしこいろ》の長襦袢《ながじゅばん》がのぞいているといった具合で、絵描き仲間の内では粋《いき》な取り合わせとして通用するかもしれないが、ごくふつうの人からするとちょっと首をかしげたくなるような出で立ちだったのだ。

人は見た目がすべてとは言いたくないけれど、見合いの席では相手をぱっと見たときの感じも肝要だ。弥之助にそう言い聞かせて、当人と着こなしの知恵を絞った。弥之助と顔を合わせた回数が両親よりも一度多いのは、それゆえである。

さいわい、湊屋の恭太郎とは背格好もほぼ同じで、その持ち合わせの中から藍《あい》の上田縞《うえだじま》を借りたのだが、今じっさいに見ても、弥之助にしっくりと馴染《なじ》んでいる。当人の提案で合わせた柳色の下着もちょっとした遊び心を感じさせ、これならおえんの目にもすっきりとまとまって見えた。

自分がそれだけ実意《じつ》を示しているのに、いくら恥ずかしがり屋とはいえ御簾を下げたままというのは、いささか礼儀に欠けるのではないか。弥之助にしてみれば、そうした文句の一つも言いたくなるだろう。

舞台では二番狂言を演じていた。当月の演目は評判があまり芳《かんば》しくないらしく、平土間は七分の入りで、芝居などそっちのけで折詰を広げている客もいる。ただ、向かいの二階桟敷は、仕切りがひとつ空いているだけで、ほかはすべて埋まっていた。それぞれ、芝居茶屋の若い衆が鮨《すし》や菓子を入れ替わり立ち替わりで届けにきているが、茶屋に引き揚げて食事をとる手筈《てはず》になっている江坂屋のところには、人の出入りはほとんどない。

舞台を眺めていると、三月の終わりに芝居を観たことが思い出された。干鰯《ほしか》問屋のお美代と観たのは、中村座の「妹背山婦女庭訓《いもせやまおんなていきん》」だった。あのときはまだ、おえんは松井屋文治郎のれきとした女房で、のちに亭主から離縁状を突きつけられることになろうとは、つゆ思っていなかった。ほんの五ヵ月ばかり前のことなのに、ひどく遠くに感じられる。

しばらくのあいだ、役者の動きを目で追ってみたものの、芝居はおえんを現《うつつ》から解き放ってはくれなかった。

「すみません。食事のことを、いま一度、茶屋と打ち合わせてまいります。幕になるまでには戻りますので」

小暮屋親子にひと言ことわりを入れて、おえんは桟敷を抜け出した。

九

「では、お膳《ぜん》はお願いしてある通りに。それと、江坂屋さんの桟敷へお茶をお運びする際にでも、御簾をいま少し上げてもらえないか頼んでいただけませんか。ええ、お見合いの席ですし」

一階の帳場にいた女将《おかみ》と話をつけると、おえんは小部屋に掛かっている暖簾《のれん》をくぐって廊下に出た。芝居が上演されている今時分は二階の座敷に客もなく、一階の板場や奉公人たちの詰所あたりで人声が時折きこえるくらいで、芝居茶屋の中はひっそりとしている。芝居がはねて見物客がどっと繰り込み、宴に呼ばれた芸者たちが座敷に上がって茶屋ぜんたいが息を吹き返すまで、まだ半刻《はんとき》ほどの間がある。

ほの暗い廊下を歩きだすと、折しも玄関を上がってきた男がこちらへ向かってくるところだった。紋付の黒羽織をまとい、腰を小さくかがめながら近づいてくる。茶屋に出入りしている太鼓持ちが、帳場へ顔を出しにきたようだった。

男とすれ違い、一、二歩あるきかけたところでおえんが振り返ると、相手も立ちどまってこちらをうかがっている。

お美代と中村座で芝居を見物した折、芝居茶屋の座敷にまわってきた太鼓持ちではないか。

「これはいつぞやの。たしか、松井屋さんのご新造さまで。本日もどなたかと芝居見物でいらっしゃいやすか」

如才のない笑いを浮かべて、太鼓持ちが腰を折った。

どう返事をしたものか、おえんは言葉に詰まった。あのとき、この男と座敷で二人きりになったばかりに、不貞を疑われて三行半《みくだりはん》を突きつけられたのだ。太鼓持ちの芸に興じただけでやましいことは何一つしていないと、男の口で文治郎に証《あかし》を立ててほしかった。だが、おえんを松井屋のお内儀だと思い込んでいる男に、何から話せばいいのか、とっさに頭が回らない。

男は背にした帳場をいささか気にするような素振りを見せると、口許に手を添えて声を潜《ひそ》めた。

「しかしあれでやすね、あの折のお友だちの芝居は真に迫っておりましたねえ。こう、胸を押さえて、気持ちが悪いの、と。本当に具合が悪いんじゃねえのかと、わっちァ本気にするところでござんした」

「………」

「あとで霧之丞《きりのじょう》に聞きやしたが、あのお友だちはそうとう遊び慣れておいでのようで。なにしろ時が限られておりやすでしょう。慣れていなけりゃあんなふうに快《よ》くはなれねえと申しましてね、ふふふ」

下卑《げび》た笑いに口許をゆがめ、男が唇を舌で湿らせる。

「霧之丞……？」

声がかすれた。

「へえ。あのとき一幕目の幕開きに、ちょっとだけ出ておりましたでしょう。なに、役者といってもほんの端役《はやく》ですがね」

「その、霧之丞という役者とお美代さんが、何ですって」

ひとことずつ区切るようにおえんが言うと、喋《しゃべ》りすぎたとようやく悟ったらしく、男が口をつぐんだ。

男の言葉が頭をぐるぐると駆けめぐり、やがて、ぼんやりと一つのかたちを成していった。容易には信じられず、おえんはただ男の顔を見つめた。

「ええと、それじゃあ、わっちはこれで」

男はそそくさと帳場へ消えていった。

小暮屋親子のいる桟敷に戻ったものの、男から聞いた話がおえんの耳を離れなかった。お美代が若い役者を買って束《つか》の間《ま》の情事を愉《たの》しんだことはもちろん、気の置けない友人だと思っていた相手に友情を軽んじられたことに、烈《はげ》しい衝撃を受けた。

「では、茶屋に引き揚げるとしましょうか、おえんさん。あの、おえんさん？」

呼びかけられて我に返ると、弥之助が怪訝そうな顔でこちらをのぞき込んでいる。舞台には幕が引かれていた。

「具合でも悪いんですか。顔色がすぐれませんが」

「い、いいえ、なんでもありません。さ、茶屋のほうに参りましょう」

おえんが腰を浮かしかけると、弥之助が肩をすくめながら向かいの桟敷へ目をやった。

「結局、娘の顔は見れずじまいってことですね」

十

芝居茶屋の二階にある六畳の座敷には、小暮屋親子と江坂屋太左衛門の膳が、向かい合わせに据えられていた。

部屋に置かれた行燈《あんどん》には、すでに灯が入っている。

小暮屋親子はおのおのの席についているが、江坂屋太左衛門はまだ顔を見せていなかった。

「そろそろお見えになる頃だと存じますが……」

様子を見てこようと、おえんが腰を浮かしたときだった。

「あいすいやせん、失礼いたしやす」

廊下に面した襖《ふすま》が開いて、茶屋の若い衆が顔を出した。

「江坂屋さまの桟敷へお迎えにあがりやしたところ、旦那さまがこのまま帰ると仰言いやして……」

「えっ。お内儀さんとお嬢さんだけでなく、太左衛門さんもですか」

問い返したおえんに、若い衆が戸惑いがちにうなずく。

「お引止めしたんでやすが、くつろいで飲み食いする心持ちではなくなったと、こう仰言るんで」

「そんな、どういうことでしょう」

若い衆が、言いにくそうに首の後ろへ手をやった。

「それが、お嬢さまが急に泣き出されやして」

「彩乃さんが？」

「へい、御簾をいま少し上げさせてほしいと頼んだんですがね。旦那さまは承知してくだすったんですが、その、お嬢さまがどうもご機嫌斜めで……」

気の毒そうに言って、若い衆は部屋を下がっていった。

「なんとも人を馬鹿《ばか》にした話じゃないか」

茂兵衛が憤懣《ふんまん》やるかたないといった口ぶりで、座敷の端から端を行ったり来たりし始めた。

「御簾越しに芝居を見物するなんて、どこぞの姫君でもあるまいし。えらく勿体《もったい》ぶったものだと思ってはいたが、娘が娘なら親父《おやじ》も親父だ」

芝居茶屋の客座敷は、表通りから内部が見通せる造りになっている。座敷の障子は芝居町の往来に向かって開け放たれており、芝居がはねたあとの余韻を楽しむ人々のざわめきが、夜気とともに流れ込んでくる。この場に太左衛門がいれば座を盛り上げるのに一役買っていただろうそのにぎわいも、部屋に漂う湿っぽさを際立《きわだ》たせるばかりである。

膳の前に腰を下ろし、じっと腕組みしていた弥之助が口を開いた。

「お父っつぁん、少し落ち着かれてはどうですか。あちらさんにも、何か事情《わけ》があるんでしょう。それを聞かないことには、何とも言えないんじゃないでしょうか」

茂兵衛が足を止め、倅をきっと睨《にら》みつけた。

「よくもそんなことを言えるものだ。お前の見合いなんだぞ。あの娘め、支度金に釣られた間抜け男の面《つら》を見てやろうと、どうせそんな了簡で出てきたんだろう。親父のほうもお前を見て、これじゃとうてい見込みがないと踏んで帰ったに相違ない」

「そうかなあ」

腕を組んだまま、弥之助が首をかしげている。

「いいかえ、お前の面子《メンツ》が潰《つぶ》されたんだ。いや、小暮屋の体面を汚されたといってもいい。こんな腹立たしいことがあるか」

開け放たれた窓から、少しばかり肌寒さを覚える風が吹き込んで、行燈のあかりが小さくまたたいた。

「面子ねえ……」

どこか他人事みたいに弥之助がつぶやき、

「そんなのはどうとも思わないけど、おれの気持ちはどこへ持っていったらいいんだろうな」

と、そのときばかりは奥歯を噛《か》みしめるように言った。

茂兵衛が怒りの矛先《ほこさき》をおえんに向けた。

「あんたも、こうなることをはなから見越していたのと違うかね。そもそも、あの娘は数ある縁談をことごとく蹴《け》っているんだろう。こたびだって、父親に言われてしぶしぶ連れて来られたんじゃないのか」

「そのようなことはないはずですが……」

「ふん、どうだかわかったもんじゃない。恭太郎のかみさんに『信用できる仲人さんだから』と言われて乗り気になったが、これじゃあいい恥さらしだ。向こうに引き合わせる男がいなくて、うちの弥之助で間に合わせたんじゃないだろうね」

「それは違います、小暮屋さん。違うんです」

おえんは首を振ったが、茂兵衛は白けた目でおえんを見返すきりだった。

十一

見合いが不首尾に終わったことは、じきに湊屋にも伝わるところとなった。

「ごめんなさい、おりつさん。こんなふうになってしまって」

いつものように仕事帰りに長屋へ立ち寄ったおりつに、おえんは手を合わせた。

「おえんさんが謝ることじゃないよ。気にしないで」

ふだん通りの明るい口ぶりだったが、おりつはこちらに背を向けたまま、持ってきた魚をさばいている。

「でも、小暮屋さんから苦情が入ったでしょう。恭太郎さんも、気を悪くされているに違いないわ」

「………」

しばらくのあいだ黙々と包丁を使っていたおりつが、布巾《ふきん》で手を拭《ふ》いて振り返った。

「娘さんのほうは、何か言ってきたのかい」

「それが、お見合いの翌日に太左衛門さんが訪ねてこられたのだけど、すまないことをしたと謝られるばかりで、きちんとした理由を聞かせてもらえなくて」

「ふうん、ずいぶんとお高くとまった娘さんだね」

苦々しい顔で言って、おりつが深い息を吐く。見合いのきっかけをこしらえたのは自分だという思いがあるらしく、おりつなりに責めを感じているふうだった。

「こんなことで、おりつさんと恭太郎さんのあいだが気まずくなったりしないといいのだけれど」

「いや、それは、案じないでおくれ」

おりつはそう言ったが、心なしか声が弱々しく響いた。

おりつが帰ったのち、おえんは身支度をととのえて長屋を出た。

空にはうすく雲が広がり、お天道様の光をやんわりとさえぎっている。大店が軒を連ねる通町の往来には、日ごろと同じく数多《あまた》の人々が行き交っているが、日射しがないぶん、いずれの表情も精彩を欠いて見えた。

日本橋の手前を右に折れ、川沿いの通りを歩く。

一石橋を渡ったおえんは、迷子の石標へと近づいて行った。女がひとり、貼り紙に見入っている。

「彩乃さん」

肩越しにそっと声をかけると、女がゆっくりと振り返った。色白のほっそりした顔に、二重の双眸《そうぼう》が並んでいる。芝居茶屋の座敷をおえんがのぞき込んだとたん、驚いた表情でこちらを見返した娘の容貌が、目の前にいる女と重なった。

「よかった、やっとお目にかかれましたね。このところ、毎日ここに通った甲斐《かい》がありましたよ。わたくしは、芽吹長屋のえんと申します」

　おえんが微笑《ほほえ》みかけると、彩乃はうろたえた顔で一、二歩後ずさったが、じきに思い直したとみえ、存外に素直に頭を下げた。

「先だっては、誠に無礼をいたしました。こたびの見合いにつきましても、断ってほしいと父に頼んだのですが、お前の口でそう言えと叱られまして、あの日は自分でお断りを申し上げるつもりで参ったのでございます。けれども、控えの間で、あなたさまのお顔を見て、どうしてよいかわからなくなって……。幾度か、ここですれ違っておりますでしょう」

「………」

「あのう、あなたさまは、なにゆえここに」

　彩乃が首をかしげると、橋の下の水辺に羽を休めていた鳥の群れが、いっせいに羽ばたいていった。

　おえんは一歩、石標に歩み寄り、「尋ぬる方」と刻まれている文字を指先でなぞった。

「息子が行方知れずになりましてね。もう、九年前の話ですけど」

　彩乃の目が、わずかに見開かれた。

　河岸の柳が、風にざわざわと枝葉を鳴らしている。

「彩乃さんは、どなたをお探しになっているんですか」

おえんが訊ねると、美しい双眸がかすかに揺れた。

「弟……、新吉《しんきち》を」

「弟さん？」

思わず訊き返すと、彩乃は眼差《まなざ》しを宙へ向けた。

「あれは弟が三つのときのこと、わたしは八つでした」

その時分、江坂屋は神田佐久間町ではなく、本所横網《よこあみ》町に店を構えていたという。生暖かい風が吹く、春の晩だった。夜五ツ半をまわった頃だろうか、町内にある油屋から火の手が上がり、折からの風にあおられた炎が、江坂屋までひと息に押し寄せてきた。

新吉と同じ部屋に寝ていた彩乃は、女中に起こされて庭に下りた。父と母は店で始末をつけておかねばならぬ仕事があると言い、ひとまず子供たちだけが女中と逃げることとなった。

彩乃たちは風上にある回向院《えこういん》を目指した。歩いていくと、山門のわきに集まっている人々の中に、店の番頭に命じられて先に逃げてきていた小僧の顔を見つけた。

彩乃の手を引いていた女中が、人波をよけて立ち止まり、背中に負ぶっている新吉を下ろした。「わたしはお店のほうに、いっぺん戻りますから」と、彩乃に新吉の手を預けた。往来を渡ったところでは小僧が大きく手招きしている。

彩乃がうなずくと、女中は回向院に向かってくる人たちに逆らうようにして、通りを引き返していった。

小僧のいる向こう側へ、彩乃は通りを渡り始めた。

「新吉の手を、しっかりと握っていたんです。でも……」

後ろからものすごい力で押してきた者がいて、あっと思ったときには離れ離れになっていた。振り返った彩乃の目には、大人たちの足許に飲み込まれていく小さな手だけが見えた。「お姉ちゃん」新吉が叫んでいる。

そっちへ手を伸ばそうとするのに、どういうわけか彩乃は逆の方向に引き込まれ、気がつくと小僧がいる山門の根方に吐き出されていた。

「弟は大人たちに押し潰されて死んだのだと両親は申しますが、わたしには信じられません。どこかで迷子になっているに違いないんです」

「………」

「けれど、あれから幾年もたつのに新吉は帰ってこない。時どき、両親の言うことが真実《ほんとう》なのかもしれないと思うこともあります。それでもあきらめられなくて、ここに」

彩乃の口許に、寂しそうな笑みが浮かんだ。

「弟が亡くなったのが真実なら、わたしが死なせたも同じです。あの子の生きる道が絶たれたときに、わたしの道も閉ざされたんです。自分だけ仕合せになるなんて、できっこありません」

彩乃が烈しくかぶりを振り、声を絞り出した。

「あのとき、あの手を離しさえしなければ……」

振りほどかれた友松の手。遠ざかっていく白絣《しろがすり》の背中。あのときの光景が脳裏によみがえって、おえんは息苦しくなった。

胸に手をあて、ゆっくりと呼吸《いき》をする。

「彩乃さんの辛《つら》いお気持ち、わたくしも少しはわかるつもりです。申しましたでしょう、息子が行方知れずだと……。あの子が今ごろどうしているのか、考え始めるといやなことばかり浮かんで、胸が張り裂けそうになることもあります。でもね、このごろ思うんですよ。生きている者に与えられた時は、前へ進んでいくもの。後ろへさかのぼることは、決してないんだって」

言葉を口にしながら、おえんは自分にも言い聞かせるような心持ちになっていた。

「彩乃さんの仕合せは、新吉さんとすごした昔にあると仰言りたいのでしょうね。けれど、後戻りして拾ってくることはできないんです。仕合せは、前へつかまえにいかないと」

「前へ……」

「そう。それは弥之助さんだって同じこと。弥之助さんは絵の道をあきらめて、江坂屋に婿入りする肚を決めていなさいました。それを彩乃さんが顔も見せずに帰ってしまわれたんですもの、割り切れなくて当たり前ですよ」

　彩乃がそっと目を伏せる。

「弥之助さんに申し開きをしろと、そう仰言るんですか」

「筋を通していただきたいのもありますけど、それだけではないの。今のままだと彩乃さん、この先ずっと後ろを向いて生きることになりますよ。この場所で出会った者として、わたくし、彩乃さんにはそうなってほしくないんです」

十二

三日後。湊屋の奥の客間で、おえん立会いのもと、弥之助と彩乃が顔を合わせた。おえんが彩乃をともなって小暮屋へ出向くのが筋ではあったが、茂兵衛の腹立ちが尾を引いていることもあり、「湊屋《うち》で話し合いをしてはどうか」と、恭太郎が申し出てくれたのだった。

六畳の部屋で向かい合った二人は、おえんの仲立ちで互いに名乗りあったものの、それきり弥之助がむすりと口を引き結んでしまい、彩乃は弟の新吉を失った顛《てん》末《まつ》を、身を縮めながら語る按配となった。

面子には拘《こだわ》らないと言ったわりに、弥之助の態度は素《そ》っ気《け》なかった。出された茶に手もつけぬ男を前にして、彩乃は表情をこわばらせ、声もかすれがちになる。

部屋はほの暗く、うっすらと肌寒かった。

この場を設《もう》けたことを、おえんはいささか悔やんでいた。

「……という次第にございます。このたびは、手前勝手な振る舞いをいたしまして、心からお詫び申し上げます」

彩乃が畳に手をつかえて頭を低くしても、弥之助は腕組みをしたまま、ただ相手をじっと見つめていた。

客間には近づかぬよう、恭太郎たちも気遣っているのか、物音ひとつ聞こえてこない。

「ちょいと、待っていてもらえますか」

弥之助が無表情に言って、部屋を出ていった。

彩乃がふところから懐紙を取り出し、額ににじんだ汗を押さえた。すっかり冷めた茶を見つめ、膝の上で懐紙をにぎりしめる。

「ずいぶんとお腹立ちのご様子でしたね。何もかもわたしのせいなのですから、仕方のないことですけど」

うなだれる彩乃に、おえんも何と声をかけたらよいのか見当がつかない。

ほどなく、弥之助が戻ってきた。右手に半紙、左手には硯箱《すずりばこ》を携《たずさ》えている。彩乃の前に坐った弥之助は、硯箱の蓋をとって筆を持った。

「弟さんの顔の輪郭は、どんな感じですかい。こう、いろいろあるでしょう。丸いとか、細長いとか」

ひどく真剣な表情で、弥之助が訊ねた。

弥之助が何を意図しているのか、おえんは測りかねた。それは彩乃も同様らしく、応えるまでにやや間があいた。

「丸顔で……、頬がちょっとぽっちゃりしてますけど……」

おずおずと、口を開く。

「丸顔、と。目はどうですか」

弥之助が問いを重ねる。

「くりっとして、大きな目です」

弥之助の筆が、すっすっと動く。

「口許は」

「あの子は……、よく笑う子でした」

やがて、ひとりの男の子の顔が、半紙に浮かび上がった。くりっとした目許が彩乃の容貌を彷彿《ほうふつ》とさせ、朗《ほが》らかに笑う頬のあたりが何とも愛くるしい。

描きあげた似顔絵を、弥之助が畳の上についと押し出すようにした。

「新吉……」

半紙に目をやった彩乃が、口許に手をあてて声を詰まらせた。

「辛い思い出を、よくぞ聞かせてくれました。先だっての仔細が、これで飲み込めました。からかわれているのかと思っていたので」

「からかうだなんて、そんなつもりは」

首を振る彩乃に、弥之助が苦笑した。

「おれたちは、似た者どうしじゃねえのかな」

「似た者どうし？」

弥之助が小さくうなずく。

「弟さんが死んだときに、自分の生きる道も終わったと彩乃さんは言いなさる。おれも絵筆を折ると決めたときに、自分の中の何かが死んだという心持ちになりました」

「…………」

「けれど、おれはそこから抜け出して出直したい。そうしないと、おれの中の死んだ何かに、申し訳が立たねえと思うんです。彩乃さん、お前さんは自分だけ仕合せになることはできないと言うが、弟さんがそれを望んでいると、ほんとうに思ってるんですかい」

「…………」

「弟さんがよく笑うお子さんだったのは、姉さんのことが大好きだったゆえでしょう。大好きな人にはいつも笑っていてほしい。新吉さんはあの世でも、そう願っていなさるんじゃねえでしょうか」

「弥之助さん……」

似顔絵に視線を落としていた彩乃が、手にした懐紙で目頭を押さえた。

弥之助がいま一度、筆を持ち、似顔絵を手前に引き寄せた。

「これまで描いてきた絵と勝手が違って心許なかったが、我ながらよく描けたと思います。おかげで、いい描き納めになりました」

半紙の左下に「風三郎」と、一字ずつをいとおしむように書き入れた。

部屋の障子に光が射しかけ、明るく染まっている。

彩乃さん、と弥之助が名を呼んだ。

「似た者どうし、向後《こうご》は支え合って生きてゆこうじゃねえですか」

「………」

「それと、ひとつ約束してもらえませんか。この先、二人のあいだに隠し事はなしにすると」

彩乃がそっとうなずいた。ほの白い光が射しかける横顔に、涙のすじが輝いている。

おえんは畳に置かれている似顔絵を拾い上げた。

「ご両人とも、よろしゅうございますね。新吉さんと、このわたくしが証人でございますよ」

海の紺青《こんじょう》、空の碧天《へきてん》

田牧大和

姉のお芳《よし》が嫁に行く。

安芸《あき》で生まれ育ち、一番の遠出の旅は「一昨年のお伊勢《いせ》様参り」だという、おっとり者の姉の嫁ぎ先《とつ》は、こともあろうに江戸なのだそうだ。

そんな阿呆《あほ》な話があるものか。

長太郎《ちょうたろう》はお芳が江戸の呉服問屋《ごふくどんや》へ嫁ぐことが、どうにも我慢できなかった。だから両親を拝み倒して、半《なか》ば無理矢理、江戸での見合いについてきた。

見合いといっても、話は既《すで》にすっかり纏《まと》まっている。今回の江戸行きは許嫁《いいなずけ》同士の顔合わせというのが実のところで、それがまた癪《しやく》に障《さわ》る。

江戸入りしたらまずは旅の疲れを取り、ゆっくり仕度を整えてから先様《さきさま》に伺いましょうと、芝は増上寺《ぞうじょうじ》近くに宿を取った。長太郎は旅支度を解いている二親の目を盗み、宿をこっそり抜け出した。

この縁談、何が何でも壊しちゃる。

長太郎は心に決めていた。

姉さんの許嫁とやらの化けの皮を剝《は》いで、浮かれてる皆の目を儂《わし》が覚ましちゃるんじゃ。

意気込みも新たに、長太郎はずんずんと芝から日本橋《にほんばし》へ向かう道を歩いた。

長太郎より五歳《いつつ》上のお芳は広島城下で評判の器量よし、しかも十八の娘盛りときている。

いい男、いい嫁ぎ先なら、安芸は勿論、堺《さかい》でも京でも、掃《は》いて捨てるほど——多分——見つかる。何を好き好んで、気が短くて粗暴だと噂《うわさ》に聞く江戸の男なんぞに嫁ぐことがあるものか。

宿のある神明町《しんめいちょう》から東北へ真《ま》っ直《す》ぐ一里程、気がつけば長太郎は賑《にぎ》やかな往来の真ん中にいた。

すぐ目の前に見えるのが、日本橋だ。

長太郎は軽い眩暈《めまい》を覚えた。

なんという人通りの多さ。なんという、活気。

思わず立ち竦《すく》んだところへ、後ろから来た大人《おとな》にぶつかられ、小さくよろけた。

目の端を黒い影が過《よ》ぎる。

「おっと、すまねぇな、坊主《ぼうず》。往来のど真ん中に突っ立ってると、怪我《けが》ぁするぜ」

歯切れの良い口調《くちょう》に顔を上げると、明るい微笑を湛《たた》えた大柄な男が長太郎を見下ろしていた。着流しに黒羽織、町奉行所の同心だ。

「あ、あの、すみません、ぼんやりしてて。私、その」

しどろもどろ詫びた長太郎を、同心は気短かに遮《さえぎ》った。

「お前《め》ぇ江戸者《もん》じゃねぇな。どっから来た。北とは違うな。大坂、京、でもなさそうだが。どうした、道にでも迷ったかい」

長太郎は、あのひとのように江戸の言葉を使ったつもりだった。

なのに同心に、言葉の小さな抑揚の違いをあっさり聞き分けられてしまった。すっかりうろたえた長太郎は、つい正直に口走ってしまった。

「あの、その、私。日本橋の呉服問屋、若狭《わかさ》屋さんに――」

しまった。

「用がある」と告げて、お芳の嫁ぎ先の若狭屋まで案内されたら一大事だ。

自らの間抜けぶりを心中で罵《のの》しる。案の定《じょう》、同心は笑みを深くして長太郎に応じた。

「若狭屋は、いい呉服問屋だぜ。この目抜き通りから逸《そ》れた呉服町にあるがな、一寸《ちょいと》変わった、趣味のいいもんを扱ってるってぇんで、娘っこ達に評判だ。なぁに、こっからすぐだ。遠慮《えんりょ》はいらねぇよ、ついてきな」

歯切れの良い物言いをどうにか遮ろうと、長太郎は「あの」「その」「いえ」と、口を挟んでみたけれど同心は、聞こえていないのか、聞いていないのか、さっさと歩き出した。

聞きしに勝《まさ》る江戸っ子の気の短さだ。どう誤魔化《ごまか》すか考える暇《ひま》もない。

困った。

困った、困った。

半ば真っ白になった頭で、鸚鵡《おうむ》のように繰り返しているところへ、若い男が声を掛けてきた。

「おや、瀬川《せがわ》の旦那《だんな》。どうされたんで」

同心は若い男を見知っているらしい。「おう」と気さくに応じた。

「この坊主が若旦那の店に用があるんだとよ」

若旦那。

少しふざけた同心の呼び方を耳にした長太郎は、ざぁっと、自分の血が脳天から足元まで、景気良く引いてゆく音を聞いた気がした。

「うちに、ですか」

面白がっているような顔つきで、腕組みをして長太郎を見下ろす男は、背丈は姉のお芳と同じくらいだろうか、小柄で線が細く、品のいい顔立ちをしていた。

この優男《やさおとこ》が、姉さんの相手。

長太郎が男を睨《にら》むと、若狭屋の跡取りはにっと悪戯《いたずら》っぽく笑ってから、同心に告げた。商人《あきんど》らしからぬ伝法《でんぽう》な口調だ。

「そいつぁ、お手数をおかけしました。後はあたしが」

「おう、頼んだぜ。じゃあな、坊主。往来の真ん中でよそ見するんじゃねぇぞ」

一息でまくし立て、同心は踵《きびす》を返した。

黒羽織の背中に、慌《あわ》てて「ありがとうございました」と声をかけると、同心は振り返らないまま、ひらひらと手を振って長太郎に応《こた》えた。

つむじ風のように、忙《せわ》しない役人だ。

長太郎がぼんやりと同心を見送っていると、隣《となり》にいた若狭屋の跡取りが、「さて」と低く呟《つぶや》いた。

ふざけた軽い笑みを浮かべ、ここのところ急に背が伸びた長太郎よりも頭半分高いところから、眺《なが》め下ろしている。

「引き受けたはいいけれど、折角《せっかく》店を抜け出してきたってぇのに、また戻るのはうまくないねぇ」

こいつ。店を放り出してきたんだ。何て奴。

長太郎は小さく舌打ちをした。

「おっと、俺《おれ》は若狭屋の放蕩《ほうとう》息子で、辰之助《たつのすけ》ってぇんだ。坊主は」

「私は、ち、えぇと、定吉《さだきち》って言います」

正直に名を告げかけ、長太郎は慌てて安芸の店に奉公に来たばかりの小僧の名を借りた。

にいっと、若狭屋の跡取り——辰之助が笑みを深くした。

いちいち気に食わん奴《やつ》じゃ。

長太郎の腹が据《す》わった。

これは、いい機会ではないか。

きっとろくに店の手伝いもせず、ふらふらと遊び歩いているのだ。

店を抜け出しただの、放蕩息子だの、自分で口にするくらいだから間違いない。

今日一日くっついて回り、若狭屋の跡取り息子がどれだけとんでもない奴なのか、見届ける。それを姉や父母に教えてやれば、この縁談はなかったことになる。

長太郎は邪気《じゃき》の無い様子をつくって、辰之助に切り出した。

「あの、しばらく辰之助さんについて歩いても構いませんか」

おどけた風に首を引いて、辰之助が応じる。

「俺は構わねぇが、お前さん、若狭屋に用があったんじゃあないのかい」

「どうしても行きたいわけじゃないんです。物見遊山《ものみゆさん》で江戸へ出てきたんですが、大人達と一緒に江戸見物をしてもつまらないから。若狭屋さんは江戸で今評判の呉服問屋さんだと聞いたので、ちょっと様子を見てみようかな、と」

「ほう。うちが見たいってことは、お前さん、呉服問屋の倅《せがれ》かい」

ひやりとした。

辰之助の言うとおり、長太郎の家は安芸で呉服問屋を営んでいる。父が若い頃、商《あきな》いに出向いた堺で、同じく遥々《はるばる》江戸からやってきた若狭屋の主《あるじ》と出会い、意気投合したのだそうだ。その場の勢いで、互いの娘と息子が年頃になったら娶《めあ》わせようと、勝手に決めてしまった。

長太郎は、落ち着いて取り繕《つくろ》った。

「いいえ、違います。うちは女姉妹《おんなきょうだい》が多いから、呉服問屋さんとは縁があるんです。それで」

「ふうん」

得心したのか、していないのか、いまひとつ分からない響きの合いの手に、長太郎は息を詰めた。

辰之助がすい、と話を変えた。

「国はどこだい。京や大坂じゃねぇな。安芸あたりか」

またもやいともあっさり見通されて、長太郎はむっとした。

「そんなに、訛《なま》りがありますか」

辰之助は小さく笑って首を振った。

「いいや。育ちのいい江戸の子供《がき》の喋《しゃべ》りと殆《ほとん》ど区別がつかねぇ。それがかえって妙でな」

それは、姉さんのせいだよ、若旦那。

皮肉を込めて胸の中のみで呟く。

お芳は、この縁談が本決まりになってから、江戸の出の奉公人を捕まえては江戸言葉を習っていた。

一日も早く嫁入り先に溶け込めるようにと、努《つと》めてきたのだ。

安芸の言葉を捨て、まだ見たこともない江戸に馴染《なじ》もうとしている姉を見るたび、胃の腑《ふ》がちくちくと痛んだ。

長太郎自身の鬱《う》さとは裏腹に、姉が熱心に習っているのを聞いているうち、長太郎も江戸言葉や話し方を身につけてしまった。あのひとと同じ響きの言葉だ。

ここで本当のことを告げては、素性《すじょう》はすぐに知れてしまう。それでも、姉のいじらしいがんばりをどうにも黙《だま》っていられなくなって、長太郎は嘘と真実《ほんとう》を混ぜ、辰之助に語った。

「すぐ上の姉の惚《ほ》れた相手が江戸の生まれで、姉はそいつに好かれようと、必死で習ったんですよ。そうしたらいつの間にか私も身についてしまったんです」

長太郎の言葉に辰之助は驚いたようで、一寸の間黙ってから、ぽつりと呟いた。

「健気《けなげ》なおひとじゃねぇか、定吉の姉さんは」

「ええ。気立てはいいし器量よしで、自慢の姉です」

長太郎は辰之助に挑《いど》むように告げた。

だから、お前なんかに姉さんはやらない。

長太郎の腹の裡に、辰之助は少しも気づくことなく、そうかい、と軽く応じた。

「じゃあ、定吉。今日は一日お前さんの江戸見物に付き合ってやるよ。どこに行きてぇ」

辰之助の問いに、長太郎は少し考え、「浅草寺《せんそうじ》」と答えた。

姉の縁談を壊す目論見《もくろみ》とは別に、江戸で是が非でも見てみたいと考えていた所のひとつだ。

――浅草寺は、いつも賑やかでな。いかつい顔の風神雷神様《ふうじんらいじん》が守っておいでの朱赤の雷門《かみなりもん》、様々な店で賑わう門前。仁王門《におうもん》の仁王様は見上げるほど大きくて、長太郎も見れば仰天《ぎょうてん》するぞ。一方で観音堂《かんのんどう》は、優しく懐《ふところ》の深い気配に満ちている。仁王門を潜《くぐ》る度《たび》、ほっとした心持ちになったものだ。

忘れえぬ人の、楽しげな昔語りを長太郎が思い起こしていると、また、辰之助がくすりと笑った。

その笑い、全く好かん。

小馬鹿《こばか》にしたような辰之助の笑いは、長太郎の気に障ってばかりいる。

浅草寺を見たいなんて、どうせ、田舎《いなか》もんとでも思っちょるのじゃろ。どうして儂が浅草寺を見たいかも知らんくせに。ほっとけ、阿呆たれ。

長太郎は腹の中のみで毒づいた。

「浅草寺だな、よし、こっちだ」

早速《さっそく》歩き出した辰之助を、慌てて追う。

江戸っ子とは噂通りせっかちばかりだと呆《あき》れつつ、ずっと懐に仕舞っている小さな布を探る。するりと、滑《なめ》らかな絹の手触りに行き当たった。

「海の紺青《こんじょう》」は、旅すがら、品川宿《しながわしゅく》でも見ることができた。浅草寺は、隅田川《すみだがわ》のすぐ近くにあるという。それなら「隅田の紅《くれない》」も目にすることが叶《かな》うだろうか。

祈るような気持ちで、長太郎は懐の布をそっと触り続けた。

江戸の町は長太郎が考えていた以上に、賑やかで活気に溢《あふ》れていた。

和泉橋《いずみばし》を渡り、武家屋敷を眺めながら浅草寺へ向かう道すがら、見かける人の顔は町人、侍《さむらい》、みな意気揚々《いきようよう》としてどこか誇らしげだ。

江戸の何がそんなに自慢なのか、長太郎には分からない。

確かにせっかちな人間は多そうだが、決して粗暴ではないのだ。邪魔な年寄りや子供を怒鳴り散らしながら走る男達や、往来のそこかしこで喧嘩《けんか》をしている――『火事と喧嘩は江戸の華』というくらいだ――様《さま》をずっと思い浮かべていた長太郎は、拍子抜けをした気分になっていた。

何より驚いたのは、辰之助だ。

とんでもなく、顔が広い。少し歩くたびに、あちこちから気さくな声が掛けられる。

「おや、若狭屋の若旦那。可愛《かわい》らしいお供《とも》をお連れだね」

「今日もまんまと店を抜け出してきたのかい。今頃、番頭さんが頭の天辺《てっぺん》から湯気え噴いてるぜ」

辰之助さん、若旦那、若狭屋さん。

呼ばれるたび、辰之助は愛想《あいそ》と洒落《しゃれ》っ気たっぷりに応じる。

「昨日引き取った、親父《おやじ》の隠し子でね。良く似てるでしょう」だの、「あんまり湯気を出しすぎるもんだから、この頃は番頭の髪の具合が心配なんですよ」だの。

初めは、よほど普段から町を遊び歩いているのだと呆れていたが、身なりのいい商人風の男と、

「若旦那、厚手の錦地《にしきじ》で何か珍《めずら》しいのは入ってるかい」

「それなら、二藍《ふたあい》のいい奴がおとつい入りましたよ。道行《みちゆき》にゃあぴったりだ」

と遣《や》り取りを交わしたり、

「そうだ辰之助さん、せんだっての岩井茶《いわいちゃ》の反物《たんもの》、やっぱり貰《もら》おうと思うんだよ」

と話し掛けてきた年増《としま》の艶《つや》めいた女に、

「あれは緑のかかり具合がとり分け上品でしたし、女将《おかみ》さんの白い肌にはよくお似合いでございますよ。ただ、出掛けに番頭が、そろそろ少し値を下げるか、なんて言ってましたからねぇ」

などと答えたりもした。

「おや、そいつは大変」と慌てた女に、辰之助はすかさず「明日にでも届けさせましょうか」と申し出た。

女は少し考える素振《そぶ》りを見せてから、悪戯っぽく微笑《ほほえ》んだ。

「いいよ、遊びに出たばかりな様子の若旦那が戻るより、あたしが行った方が早そうだ。仕立《したて》もお願いしたいし、合う帯も探したいし」

「こいつぁどうも。でしたら、手代《てだい》の弥次郎《やじろう》に『昨日入ってきた芝翫茶《しかんちゃ》の帯と、紅《べに》消鼠《けしねず》の帯』を出させてください。あたしがそう言っていたと。少し赤みが入った帯が、あの岩井茶の黄緑にゃあ良さそうだ。どちらがいいかは、女将さんのお好みで」

「どっちがいいと思う」

「そうですねぇ。どっちもお似合いのはずですが、敢《あ》えて選ぶなら渋い色目の紅消鼠でしょうか」

辰之助の見立てに、女は信を置いているようで、「若旦那が言うんなら、そっちにしようかしらね」とあっさり頷《うなず》いた。

そんな遣り取りは、店の様子や品物の出入り、得意客の好みをすっかり摑《つか》んでいないと、できるものではない。

十三の若輩《じゃくはい》とはいえ、辰之助と同じ呉服問屋の総領息子である長太郎には、それくらい分かる。

よう分からん奴。

複雑な思いで、長太郎は辰之助の整った横顔を盗み見た。

商いの話や、他愛《たわい》のない世間話、色々取り混ぜた遣り取りを繰り返しながら、いつの間にか一際《ひときわ》賑やかな大通りまで来ていた。

「ほら、目の前が風雷神門。浅草寺名物、雷門だ」

くいと辰之助に顎《あご》で指し示され、長太郎は言葉を失《な》くした。

鮮やかな朱塗りの門の両脇《りょうわき》に納められた、風神、雷神。中央に掛けられた「志ん橋」の提灯《ちょうちん》は、とにかく大きい。

これが、先生の言っていた雷門だ。風神、雷神像でさえ圧倒されてしまうのに、仁王門の仁王様はどれだけすごいのだろうと、その迫力にそら恐ろしくなるほどだ。

その威容に見入っていた長太郎を、辰之助が笑いを含んだ声でからかう。

「ぼんやり口開けてると、虫が飛び込んでくるぜ」

長太郎は、むうっと頬《ほお》を膨《ふく》らませた。こちらの機嫌《きげん》などお構いなしで、辰之助は先に立って雷門を潜った。

辰之助に続いて門内に足を踏み入れた刹那《せつな》、軽い眩暈に襲われた。

大きな門を潜っただけだ。なのに、押し寄せてきた活気はなんなのだろう。喧騒《けんそう》と熱気が渦を巻いて、長太郎を飲み込もうとしているようだ。

「しっかりついてこねぇと、はぐれるぜ」

慣れた様子の辰之助に、小さく頷いて足を踏み出す。

落ち着いて見回すと、心浮き立つ光景が、長太郎の周りには広がっていた。楊枝《ようじ》屋や盆栽売り、餅《もち》屋に寿司の屋台。辻占《つじうら》、風車、土産物《みやげもの》の浮世絵。

長太郎の住まい近くの神社も、縁日には市《いち》が立って賑やかだが、ここは飛び切りだ。

夢中できょろきょろしていた長太郎は、前の方で起こった騒ぎで、我に返った。下卑《げび》た笑いを交えながら、男達が大声を出している。

「固いこといいなさんな、娘さんよ」

「迷子の弟を一緒に探してやろうってぇ言ってるんじゃあねぇか」

「他人様《ひとさま》の親切は、喜んで受けるもんだぜ」

騒ぎを遠巻きにしている人垣《ひとがき》で見えないが、若い娘が性質《たち》の悪い連中に絡《から》まれているのだろう。暢気《のんき》に長太郎が考えた時、聞き覚えのあるおっとりした声が、男達に応じた。

「どうぞ、おかまいなく。弟は地味な見た目をしておりますので、お探しいただくのもお骨折りでしょうから」

姉さん。

長太郎は、頭を抱《かか》えたくなった。

姉のお芳は、おっとりした喋り口のせいか、ほんわかした立ち居振る舞いが災《わざわ》いするのか、育ちの良さを差し引いてなお、よからぬ連中に絡まれやすいのだ。

「つれねぇことを言うもんじゃねぇよ」

「そうだ、ちょいとそこの水茶屋で一休みしてから、探すってぇのはどうだい」

「いえ、そんな暇は」

「いいから、こっちへ来いってぇんだ」

「あら、そんな乱暴な。お放しくださいませ」

あくまで、おっとりのんびりした受け答えを姉はしているが、雲行きはかなり怪しい。

自分が黙って出てきたこともすっかり忘れ、長太郎は姉を助けようと、人混みに向かって前へ出た。

その肩を、辰之助が押さえた。

驚いて見遣ると、不敵に笑った辰之助の顔とぶつかる。目が真剣なのは、気のせいだろうか。

戸惑《とまど》っている間に、長太郎を後ろに押しやるようにして、辰之助が軽やかに動いた。

すぐ近くで成り行きを見物している剣術の大道芸人に、「借りるぜ」と声をかけ様《ざま》、立てかけてあった木刀を取り上げる。流れるような所作《しょさ》で、「ごめんよ」「通してくれ」と、明るい声をかけながら、辰之助は器用に人垣を掻《か》き分けて進んでいった。

急いで、長太郎は後を追った。

辰之助が作った道を、押され、突き飛ばされしながら辿《たど》って行くと、すぐに目の前が開けた。

淡く古風な橙《だいだい》——お芳の好きな赤白橡《あかしろつるばみ》の小袖《こそで》が、まず目に飛び込んできた。

やっぱり、姉さん。

お芳に絡んでいるのは、長太郎が思い浮かべていた姿そのままの「江戸者」、三人だ。

お芳と三人組の前に出た辰之助が、軽い調子で割って入った。

「兄さん方、野暮《やぼ》は止《よ》しなよ。娘さん、困ってるじゃあねぇか」

「なんだぁ、手前《てめ》ぇは」

男の一人が辰之助に嚙みつく。

とんとん、と、担《かつ》いだ木刀で肩を軽く叩《たた》きながら、辰之助が無造作《むぞうさ》に近づいた。

ざわりと、野次馬《やじうま》がさざめいた。

躊躇《ためら》いの欠片《かけら》もなく、辰之助はすたすたとお芳に近づいた。

お芳の手を捕らえている男の腕を、あっという間に辰之助が取り、くいっと捻《ひね》った。

「あ、あいでででで」

腕を取られた男が、情けない悲鳴を上げてお芳を放す。

辰之助がお芳を庇《かば》うように、男達とお芳の間に身を入れた。

「どんな経緯《いきさつ》がおありか知らねぇが、この辺りは賑やかな分、おかしな連中も多い。娘さんのようなお人が、供も連れず一人歩きをするような場所じゃあ、ござんせんよ」

この状況でのんびりと語り掛けた辰之助も相当な度胸だが、困ったように微笑んでおっとりと応じるお芳も負けていない。

「お助けいただきまして、ありがとう存じます。共に江戸に来ましたやんちゃな弟が一人で宿から居なくなってしまいましたので、探しに来たのですが」

揃《そろ》って、二人で周囲を見回してから、顔を見交わす。

「これじゃあ、人探しもままならねぇでしょう」

「まあ、本当」

あくまで、のんびり、おっとり、交わされる遣り取りに、ようやく男達が割って入った。

「やいやい、黙って聞いてりゃあ、俺たちを馬鹿にしてやが――」

喚《わめ》き立てる男の鼻先に、辰之助が木刀をずいと突き出した。

「て、手前ぇ」

怯《ひる》んだ男に、辰之助がにんまりと笑った。

お芳を背に庇って。

長太郎の脳裏に、忘れられない景色が鮮やかに蘇《よみがえ》った。

安芸の町で、強請《ゆす》りたかりの類《たぐい》に絡まれたお芳を背中に庇い、火事で痛めた思うように動かない足を物ともせず、無頼《ぶらい》の輩《やから》に刀――あの時は木刀ではなかったが――の切っ先を向けた、凛《りん》とした立姿。

藤馬《とうま》先生。

長太郎が憧《あこが》れと尊敬を一途《いちず》に注いだ侍の姿が、辰之助に重なった。

無礼千万な思い違いを、夢中で頭の中から追い出す。

こげないい加減な奴、藤馬先生とは似ても似つかん。

辰之助が、ふざけた調子で告げた。

「ちょいと訳があって、道場通いを三年ほど続けててねぇ。そろそろ道場の外で腕試しがしたくなってたとこなんだ。どうだい兄さん方、付き合っちゃあ貰えないかい」

茶化したような言葉は、男達を確かに煽《あお》ったようだ。

「上等だ」「やっちまえ」と、これまた長太郎の思い描いていた通りの台詞《せりふ》を吐き、男達は辰之助に襲い掛かろうとした。

「本当に、いいのかい」

辰之助の静かな問いかけに、男達は動きを止めた。

「今頃怖気《おじけ》づいたって遅《おせ》ぇんだよ」

いきがった男をちろりと見遣ってから、辰之助が軽く空を仰《あお》ぐ。この男、人を小馬鹿にしたような仕草《しぐさ》が、つくづく良く似合う。

ゆっくりと、独り言のように呟く。

「熊蔵《くまぞう》の親分は、今日はどちらにおいでかな」

熊蔵って、誰だ。

長太郎は訳が分からなかったが、男達は熊蔵の名に揃って狼狽《うろた》えた。

「熊蔵の親分を、知ってるのか」

「まぁ、知らねぇ仲じゃあ、ねぇな」

余裕綽々《よゆうしゃくしゃく》の辰之助に対し、男達は目に見えて腰が引け始めていた。

「ど、どんな知り合いなんでぇ」

「何、ちょっとした将棋《しょうぎ》仲間さ」

一歩、また、一歩と、男達が後ずさる。

男のひとりが、ひっくり返った声で啖呵《たんか》を切った。

「く、熊蔵の親分の将棋好きは、この辺りじゃ皆知ってる。どうせはったりだろうが」

辰之助が、冷ややかな笑みを深くした。

「試してみるかい。待っててやるから熊蔵親分を呼んできな。『呉服町の辰之助って男をご存知ですか』と訊きゃあ、すぐだ」

小さく間を置いてから、ぽつりと呟く。

「そっから先は、堅気《かたぎ》に無法な真似《まね》を働く下衆《げす》が何より嫌いな親分が、お前さん達をどうするか、こちとら請合《うけあ》えねぇけどな」

男達は一斉《いっせい》にぴょこんと飛び上がり、脱兎《だっと》の如《ごと》く逃げ出した。

集まっていた野次馬を、「どきやがれ」と怒鳴りつけながら小さくなっていく背中は、少し気の毒で、大層可笑《おか》しかった。

呆気《あっけ》に取られていた見物人達は、やがて口々に「やれ、すかっとしたよ」「兄さん、やるねぇ」と、明るく辰之助に声をかけてから、散っていった。人垣があっという間に崩れ、長太郎は慌てて風車の露店の陰《かげ》に隠れた。

ここでお芳に見つかるのは拙《まず》い。

そろりと、お芳と辰之助の様子を窺《うかが》うと、お芳が辰之助に頭を下げているところだった。

「危ないところをお助けいただきまして」

本当に危なかったと思っているのか、お芳は、いつも通り、おっとりしている。

辰之助が、静かにお芳に応じた。

「大したことじゃあ、ありませんよ。さぁ、雷門で辻駕籠《つじかご》を拾いますから、宿へお戻りなさい。冗談抜きで、この辺りは江戸に不案内な娘さんが一人歩きする場所じゃない」

「でも、弟を探さなければ。国を出る前から、江戸では浅草寺を見物したいと言っていましたので、多分ここだと思うんです」

ほんわりとした困り顔のお芳に、辰之助が何やら耳打ちをした。

お芳の黒飴《くろあめ》のような目が、丸くなる。

辰之助がお芳に、ひとつ頷きかけた。

お芳が、困り顔のまま微笑み、小さく頷き返す。

それから二人は、連れ立って長太郎と辰之助が来たばかりの雷門の方へ、戻って行った。

お芳の頬に、ほんのりと紅《べに》が散っているように見えるのは、陽《ひ》の当たる加減か、でなければ気のせいだ。

むかつく気分を抱え、妙に睦《むつ》まじく見える二人の後ろ姿を、長太郎は睨んだ。

見掛けに拠《よ》らず頑固《がんこ》なところがあるお芳が、どうしてあっさり辰之助に従ったのか。

なぜ辰之助の姿が、敬愛する藤馬と重なったのか。

なぜ、お芳を送った辰之助が戻ってくるのを、自分は大人しく待っているのか。

いくら考えても、答えの出ない問いだ。

いや、と、長太郎は不機嫌に考えた。

もう自分は答えを知っている。ただ認めたくないだけだ。

人気者で、周りから信を得ている辰之助。

確かな見立てと細《こま》やかな気配りで、しっかり得意客を摑んでいる辰之助。

姉を守ってくれた辰之助。

ふらふらしているようで、真面目《まじめ》でいい男なのだ。

全て合点がいってしまった自分に、無性に腹が立った。戻ってきた辰之助が、長太郎に声をかけてきた。

「待たせたな、定吉。定吉、おい、どうした、不景気な面《つら》でぼうっとして」

明るく問われ、自分が「定吉」と名乗っていたことを思い出す。

「なんでもありません」

むっつり応じ、長太郎は仁王門の方へ歩き出した。辰之助が、長太郎の傍へ来た。

「熊蔵さんって、誰ですか」

訊いた長太郎へ、辰之助が答えた。

「浅草界隈《あさくさかいわい》を仕切ってる地廻の元締《もとじめ》さ。妙に好かれちまっててね、時々将棋の相手をしてる」

いい、はったりじゃあなかったんだ。

「剣術を習ってるっていうのは」

「習ってるのは本当だが、三年ってぇのは真っ赤な嘘《うそ》。始めてまだたったの三月《みつき》でねぇ、どうにか様《さま》になるのは構えだけ。あとは手っ取り早く役に立つ、さっきの腕をくいっと捻るのを、道場仲間に教えてもらった位《くれ》ぇだ。熊蔵親分の名前で引き下がってくれて、胸を撫《な》で下ろしたよ」

呆れた奴。

「どうして、呉服問屋の若旦那が剣術なんか習ってるんです」

ふと、辰之助が黙った。

傍《かたわ》らの顔を見ると、辰之助は、どこか照れたような、柔らかな微笑を浮かべて遠くを見ていた。

長いこと黙った後、静かな声で辰之助が告げた。

「これから守っていかなきゃあならねぇ女が、あちこちで絡まれ易い性分《しょうぶん》でね。舌先三寸じゃあ躱《かわ》せねぇ厄介《やっかい》ごとに、一寸《ちった》ぁ役に立つかなって、まぁ、そういうこった」

女って、まさか姉さん。

なぜお芳の困った性分を知っているのか気にならないでもないが、それでも辰之助の言う「女」がお芳であることは、考えるまでもない。

辰之助は、まだ見たこともない許嫁を大切に思っているのだ。

それでも。

長太郎は、ぎゅっと奥歯を嚙《か》み締めた。

そいでもやっぱり、江戸もんは、嫌いじゃ。

辰之助を認める方へ大きく傾いた気持ちを、長太郎は無理矢理立て直した。

ここまででっかい仁王様には、なかなかお目にかかれないぜ。

辰之助の言葉が、遠くで聞こえている。

かっと見開いた眼《まなこ》、隆々と肉が盛り上がった、胸、手、足。

今にも風に靡《なび》いて動きそうな衣。

足を踏み出そうといくらもがいても、仁王像の静かな威厳に押されて動けない。

足は膠《にかわ》で貼《は》り付けられたようだ。

「ここを潜りゃあ観音堂だ」

傍らでさらりと告げた辰之助の声で、ようやく体の強張《こわば》りが解《ほど》けた。

先へ行きかけた辰之助が、「どうした」と問い掛けてくる。

「もう、ええけぇ」

長太郎が国言葉で、いいから、と短く告げると、辰之助は首を傾《かし》げた。

「もう、浅草寺は充分です」

雷門。門前の賑わい。仁王様。優しい気配の観音堂。

海の紺青、隅田の紅。

藤馬が最期まで憧れ懐かしみ続けた、江戸の風景。長太郎はこの旅でひとつずつ確かめてきた。

藤馬の語る江戸のあれこれに、憧れた訳ではない。

国許《くにもと》にあってなお、江戸を懐かしみ、帰りたがっていた藤馬。そこまで藤馬を鮮やかに惹《ひ》きつける「江戸」に、長太郎は悋気《りんき》していた。「江戸」と張り合って、なんだ、こんなものかと得心し、鼻で嘲《わら》ってやりたかったのだ。

けれど、長太郎はことごとく、敗けた。

品川の海の紺青色に吸い込まれそうになり、浅草寺の門前では浮き立つ心を抑えられず、仁王像に気圧された。

挙句《あげく》に観音堂の「優しい気配」とやらに包み込まれ降参したら、いくら何でも情けないではないか。

逃げ腰の長太郎に、辰之助は「そうかい」と、応じた。

「次は、どこがいい」

もう気が済みました。帰ります。

長太郎は、告げようとした。けれど口が勝手に動いた。

「隅田川」

口走って、思い知る。

藤馬がとりわけ憧れを込めて、幾度も呟いていた言葉。

海の紺青、隅田の紅。

それは何ですかといくら訊いても、藤馬は微笑むばかりで教えてはくれなかった。

細かく口にすると、恋しい想いが抑えられなくなりそうだから、と。

「海の紺青」は、分かる。

長太郎も、恐ろしいほど深く鮮やかな江戸の海の色に、一目で魅《み》せられた。だが「隅田の紅」とは、何なのだろう。江戸に入ってから、遠目で幾度か見た隅田川に赤い色はなかった。

藤馬の恋した紅が何なのか、どうしても知りたい。

辰之助は、じっと長太郎を見つめていたが、やがて軽く笑って促《うなが》した。

「こっちだ」

冬の柔らかな陽を受けて、川面《かわも》がきらきらと輝く。頬を打つ川風が、刺すように冷たい。

沢山の荷で重そうな荷足舟《にたりぶね》、物好きな冬の舟遊びの屋根船、客を乗せた猪牙舟《ちょきぶね》が行きかっている。

長太郎の思い描いていた通りの、景色だ。

水面《みなも》は品川で見た海の色よりは柔らかだが、晴れた空を映して澄んだ青を湛えている。

どこにも、紅はない。

「大して珍しい景色じゃあねぇだろう」

長太郎の落胆を見透かしたように、辰之助が言った。

確かに国許の安芸でも旅の途中でも、似たような風景は幾度も目にしてきた。

ふと、紅とは桜のことではないかと、思い当たる。

春の薄紅の花か、あるいは秋の紅葉《もみじ》か。だが、桜ならば広島城下にも御濠端《おほりばた》にも見事な桜があるし、藤馬ならば城内の桜を目にする機会もあったろう。紅葉も同じだ。

「隅田の紅、か」

とうとう分からず仕舞いだった。諦《あきら》め混じりに、長太郎が呟いた。

辰之助が小さく頷く。

「ああ、花火は夏から秋までしか見られねぇからな」

長太郎は、辰之助をまじまじと見た。

柔らかな微苦笑で、辰之助が繰り返す。

「定吉は両国《りょうごく》の花火が見たかったのかい。そいつぁ残念だったな。ちょいと季節が悪《わり》ぃや」

「し、知っちょるんですか、『隅田の紅』」

長太郎は軽く咽《む》せながら、辰之助にすがった。

「花火って、花火ってっ。『隅田の紅』言うたら、江戸では花火のことなんじゃろか。江戸のお人は、皆そう呼んじょるんですかっ」

辰之助が可笑しそうに小首を傾げ、長太郎に答えた。

「そういう決まり文句がある訳じゃあねぇよ。だが、隅田川の紅色って言やあ、江戸者《もん》ならまず、両国の花火のことだと考えるだろうな。何しろ江戸一番の自慢だ」

ゆっくりと、長太郎は握り締めていた辰之助の袖を離した。

誇らしげな色を帯びた声で辰之助が語る。

「川開きの五月二十八日が初日だ。でっかい紅の花やら大滝やらが藍の夜空一杯に広がって、腹に響く低い音が、辺りをずずんと揺らす。賑わいだってこんなもんじゃねぇ。提灯をありったけぶら下げた豪勢な屋形船から、おんぼろの小舟まで、揃って客を乗せて繰り出すから、川面は押すな押すなの混み様だ。その間を煮物やら心太《ところてん》やらを売るうろうろ舟が、すいすい行き来する。両国橋の上も見物客でごった返すし、橋の両岸にゃあ茶屋やら見世物小屋がこぞって夜店を出して、どこもかしこも大賑わいだ」

隅田の紅。

藤馬が懐かしんでいた江戸の景色、なんだか分からなかった残りの一つが、あっさり知らされた。

分かりはしたが、目にすることはできないという。

安堵《あんど》半分落胆半分で気がぬけた。長太郎はへなへなと座り込んだ。

「どうした」

優しい声で、辰之助が訊《たず》ねる。

長太郎は、懐の布切れを探った。

引っ張り出した小さな四角い布は、鮮やかな紺青色に染め上げられている。品川で見た、海の色だ。

「それ、は」

掠《かす》れた声で、辰之助は呟いた。

「どこで手に入れたか知らんけど、姉さんが色んな色に染められた、揃いの布切れを幾枚も持っちょるんです。呉服屋の娘の嗜《たしな》みのつもりなんじゃろうね。暇さえありゃあ嬉《うれ》しそうに畳《たたみ》の上に丁寧《ていねい》に並べて、眺めとる。これは団十郎茶、これは鳩羽《はとば》鼠《ねず》。甕覗《かめのぞき》の淡い青に、暗い青緑の高麗納戸《こうらいなんど》。襲《かさね》も夢中で覚えちょって、白と蘇芳《すおう》で梅、萌黄《もえぎ》と二藍は葉桜。青に濃紫《こむらさき》なら夏萩、檜皮《ひわだ》色なら蟬《せみ》の羽」

国言葉で喋っていることに気づき、照れ笑いを辰之助に向けて「知らん内に私も覚えちょりました」と続けた。

そういえば、姉が呉服屋の娘であることも口走ってしまった。恐る恐る辰之助を窺ったが、何か考え込んでいるようだ。どうやら気付かれなかったか、と長太郎は胸を撫で下ろした。

「それで」

辰之助が、静かに促す。視線は長太郎の手の中にある、紺青の布に当てられている。

長太郎もまた、手元に眼を落として答えた。

「この一枚だけ借りとったんです。こっそりね」

「定吉の好きな色なのかい」

辰之助の問いに、首を振った。

「『海の紺青、隅田の紅』。江戸の景色を恋しがっておった人に、最期にひと目見せたろうと思って」

「亡《な》くなったのかい」

答える代わりに問い返した。

「若旦那は、瀬戸内《せとうち》の海を見たことがありますか」

「いいや、ねぇな」

「江戸の海と違って、大層穏やかなんです。冬場の空もこんなにからっと晴れることは滅多《めった》にない。そんなぼんやりした淡い空を映してなのか、海の色も優しい色目をしとってね。ほんのり鼠色の混じった、そうやね、熨斗目花色《のしめはないろ》といったらええかもしれん。安芸の生まれのお人なのに、江戸が恋しい、懐かしいといつもおっしゃっとりました。当たり前かもしれんね。あんなどこまでも深くて鮮やかな、紺青色の海を見ちょったんじゃ。私は、瀬戸内の優しい海のが好きじゃけど」

ぐっと、長太郎は唇《くちびる》を嚙んだ。零れそうになった涙をせき止めるために堅く目を瞑《つむ》る。

声に涙が滲《にじ》まないよう腹に力を入れてから、憧れだった人の名を口にする。

「藤馬先生っちゅうて、私ら子供達に手習いを教えてくれとったお侍様で、元は江戸勤番のお役人でした。江戸の火事に巻き込まれ、足に大きな火傷《やけど》を負って国許に帰された。戻ってからも苦労してお勤めされちょったのに、お城じゃあ使い物にならんちゅうて、お役を解かれたんだそうです。それからは手習いの先生をして暮らされとったんですが、それまでの無理がたたったんか、身体《からだ》を壊して寝付かれ、それっきり」

読み書き、勉学だけでなく、様々なことを教えてくれた藤馬。

男の優しさとは、どんなものか。

人として、どう生きるべきか。

安芸とはどういう国で、周りはどんな様子なのか。

お城は、殿様は。

中でも楽しそうに語ってくれたのが、江戸勤番の折に見聞きした、色々な話だった。

その時だけは、青白い顔にほんのりと血の気がさし、いつも寂しそうだった切れ長の目には明るい光がきらめいていた。

江戸が恋しいのだろう。さぞ、楽しい思い出ばかりだったのだろう。

なのに。

「江戸もんは、好かん」

長太郎は歯の隙間《すきま》から押し出すように、吐き捨てた。

「何が『火事と喧嘩は江戸の華』じゃ。そん所為《せい》で、藤馬先生はあんな好いちょった江戸に居《お》られんようになったんじゃ」

一度流れ出した想いは、もう止めようがなかった。

ずっと抱え込んできた江戸への嫉《ねた》みと怒りの全てを込めて、辰之助の穏やかな顔を睨みつけ、叫ぶ。

「それをお前ら江戸もんは、面白可笑しく自慢しよる。火事で一生を狂わされた者《もん》の気持ちなぞ、考えもせんで。だから、江戸もんは嫌いなんじゃ。だいっ嫌いじゃあ」

喚いたら、涙が溢れた。

辰之助が困ったように笑っている。

男の癖《くせ》に人前で泣くなんて、悔しい。恥ずかしい。

ばつの悪さが、また新たな涙を誘う。

辰之助が傍らに腰を下ろして、長太郎の肩にそっと手を回してくれた。

大きく温かい手が、藤馬とよく似ていた。長太郎は声を上げて泣いた。

わんわんと、人目も憚《はばか》らず泣き続けた。

泣き疲れたというか、泣き飽きたというか、みっともないしゃくり上げもすっかり収まった頃、辰之助が、ぽつり、ぽつりと、語り始めた。

「江戸ってぇ町は火事が多くてな。店やおんぼろ長屋がひしめき合ってるから、あっという間に火が広がりやがる。家を失くしたり、身代《しんだい》を燃やしちまったり、大切な身内を死なせちまったり、そんな奴は掃いて捨てるほどいるんだ。もう、火事なんざたくさんだ。こりごりだ。血を吐く思いでそう願う。それでも、江戸で暮らす限り、火事はしょっちゅう、あちこちで起きやがる。そうなりゃ、もう笑い飛ばして受け入れるしかねぇじゃねぇか。『火事は江戸の華』ってぇのは、何度焼け出されても逞《たくま》しく暮らしていくための、江戸っ子らしい、痩《や》せ我慢の方便だよ」

凝《こ》り固まったものを全て吐き出して空っぽになった長太郎の心に、辰之助の言葉はすんなりと滲《し》みこんだ。

江戸の人達は、火事を楽しんでいる訳じゃなかった。

江戸は、藤馬と同じ痛みを抱えた人が、沢山暮らしている町だった。

堪忍《かんにん》な。

自分で驚くほど、その言葉が滑らかに口から零れ落ちた。

ぽん、ぽん、と宥《なだ》めるように肩を叩かれ、のろのろと顔を上げた。すっかり見慣れた、からかうような辰之助の笑顔とぶつかる。

全て見透かされているようなのが悔しくて、長太郎はふいと顔を逸らして空を見上げた。

品川の海と同じようにどこまでも澄んだ、けれど、紺青よりも明るさを纏った混じり気のない青空に、真っ白な雲がゆっくりと流れていく。

「紺青の青も綺麗やけど、私は江戸の空の青の方が綺麗じゃと思います。安芸の冬空は、もっとぼんやり霞《かす》んどる」

「ああ、碧天《へきてん》の色だな」

「碧天」

碧天という呼び方が何だか嬉しくて、長太郎はへへ、と小さく笑った。

それから、長太郎は辰之助と二人、浅草寺の境内《けいだい》を思う存分楽しんだ。汁粉《しるこ》を啜《すす》り、辻占を冷やかし、陽気な猿回しに腹を抱えて笑った。

辰之助に買ってもらったひょっとこの面をつけ、宿へ送ってもらう途中でてんぷらを食べた。揚げたての熱々で、驚くほどおいしかった。

宿の手前で、辰之助に礼を言って別れた。

父母にはこってりと絞られた。姉のお芳は、少し呆れた風に笑うだけで、何も言わなかった。

次の日の顔合わせは、浅草山谷町《さんやまち》にある「八百善《やおぜん》」という料亭だった。

評判の料亭で、茶漬けが一両二分《ぶ》もするというのだから仰天だ。

実は、自分を見て驚く辰之助の様を、長太郎は楽しみにしていた。

ところが、前の日の伝法でふざけた調子はどこへやら、辰之助は見事な若旦那振りで「初めまして」と言った。

やっぱり、好かん奴じゃ。

長太郎は、腹の裡でこっそり呟いた。

「八百善」の料理は、長太郎にとって、思ったほどおいしいものではなく、辰之助とはふはふ言いながら頬張った、穴子《あなご》のてんぷらが無性に食べたくなってしまった。

帰りの道中、品川の鮮やかな海を再び目にして、長太郎はふと思い立った。

懐に仕舞い込んでいた、紺青色の布をお芳に返す。

「姉さん、堪忍な。黙って借りちょった」

姉は驚くだろうか。それとも失くしたと思っていた布切れが出てきて喜ぶだろうか。姉の性分からして、怒ることはないだろう。長太郎は、そんな風に考えていた。

お芳は静かに紺青色の布切れを受け取ると、代わりに真新しい巾着《きんちゃく》を差し出した。

鮮やかな空色に、長太郎は言葉を失った。

碧天の青。晴れ渡った江戸の空の色。

「辰之助さんが、あんたに渡してくれって。この色が好きじゃって、辰之助さんに言うとったんでしょ」

お芳はとうに江戸言葉を身につけていたが、身内と話す時は変わらず安芸の言葉を使ってくれる。

戸惑った長太郎に、お芳が碧天の色の巾着を手に握らせた。

それから、長太郎が返した紺青の布を大切そうに折りたたむ。

「この布ね。辰之助さんが江戸から送ってくださったんよ。江戸ではこんな色が流行《は》行《や》ってます、言うてね。流行りの色だけじゃなく、私が好きや言うた色目の布を、わざわざ腕利《き》きの職人さんに染めてもらって、幾度も送ってくださった。この一枚、失くした思うて哀しかったけど、戻ってきてよかったわ」

「堪忍、姉さん」

しょんぼりと長太郎は詫びた。それから、ようやく気づいた。

「待ってや、姉さん。ちゅうことは、辰之助、さんと姉さん、幾度も文《ふみ》の遣り取りしちょったんか」

お芳はほんのりと頬を染め、つんと顎を上に向けた。

「当たり前やないの。許嫁同士じゃもの」

「何で言うてくれんかったんじゃ」

「いややわ。なんで、そんなことまであんたに言わないけないの」

ふふ、と、お芳は幸せそうに笑った。

「文を読んで、きっと素敵なお人じゃろうな、思っとったけど、その通りのお人で嬉しかったわ。そしたら、辰之助さんも同じこと言うてくださって」

そうか、お芳が絡まれ易い性分だ、というのを辰之助が知っていたのは、文の遣り取りを何度もしていたからだったのだ。

浅草寺でお芳が絡まれていたことを、改めて思い出し、また面白くない考えに思い当たった。

「そんなら、そんなら、姉さんに辰之助さんがそっと耳打ちしたんは」

お芳が、とびきりの笑みを浮かべた。

「『弟の長太郎さんは、私が江戸を案内していますので、ご安心ください。暮れ六つには宿へお送りします』言うてくださって。そん時、こんお人が辰之助さんなんじゃって、分かったんよ」

わなわなと、拳《こぶし》が震えた。

おっとりとお芳が告げた。

「日本橋で顰《しか》め面《つら》のあんたを見かけて、安芸の訛りがある言葉と若狭屋さんに用があるって聞いて、すぐに分かった仰っちょったわ。『ああ、お芳さんの弟だ』って」

あいつ。あいつ。騙《だま》して、からかいよったな。

「やっぱり、江戸もんなんか、大きらいじゃあぁ」

長太郎は、今日も良く晴れている江戸の空に向かって、思い切り吼《ほ》えた。

地《じ》獄《ごく》染《ぞめ》

村木 嵐

一

ほうろく橋でその女の姿を見たとき、新吉《しんきち》は生きていたのかとぞっとした。

女は欄《おばしま》にもたれて橋の際《きわ》に座り、脱いだ草履《ぞうり》を脇《わき》へ置いて川面《かわも》に足をぶら下げていた。うつむけた顔は蠟《ろう》のように白く、首が折れそうなほど細かった。睫毛《まつげ》に濃く縁《ふち》取られた大きな目からは涙が落ちかかり、幻でも見ているように美しかった。

女はお袖《そで》といって、新吉の奉公する呉服の山吹屋《やまぶきや》で縫子《ぬいこ》をしていた。齢《とし》はたしか十七になり、母親と二人で湯島《ゆしま》の長屋に住み、どんな昼ひなかでも新吉が帰るときは、どうぞお気をつけてと声をかけてくれたものだった。界隈《かいわい》でも評判の器量好しで、たまにほうろく橋の袂《たもと》で反物《たんもの》を受け渡したりするときは、ぱっと明るい笑顔を向けられて、十九の新吉は誇らしかった。

それが正月の大火で母親を亡《な》くし、自身もすんでのところで焼けた柱に潰《つぶ》されかけて気ふれになったとは、道々お文《ふみ》に聞いていた。それをお袖のことだと、新吉がうかつにも橋に来るまで気づかなかったのだ。

お文は十五になる山吹屋の総領だった。

「噂《うわさ》どおり、きれいな人ね。身形《みなり》もきちんとしているし、髷《まげ》なんて今朝がた結い直したよう。誰を待っているのかしら」

　お文の目は、お袖が髷にさしている真っ赤な珊瑚玉《さんごだま》に吸い寄せられていた。

「どこからやって来る女です？　この辺りは残らず火に舐《な》められたのでございましょう」

　この正月、江戸は大層な火事だった。火元は本郷《ほんごう》の寺だそうで、三日二晩燃え続けて死者は五万とも十万ともいわれた。江戸城の本丸も天守閣も焼け、いっときは将軍家綱《いえつな》公の生死さえ分からなくなったのである。

　このほうろく橋も火がきっちりと焼け落としていったものを、町衆が肝《きも》いりで先ごろかけ直したばかりだ。欄には擬宝珠《ぎぼし》こそ付けることはできなかったが、漆《うるし》を刷《は》いたようにつるりとした光沢をもたせ、おいそれとは汚れた手で触るのもはばかられた。幅二間《はばにけん》に長さは十五間、東の袂に札の辻があって、ほうろくと刻んだ石が建ててあった。

「あの人はその先の寺にあるお救い小屋で暮らしているのよ。この辺りじゃ知らない人はないわ」

　さようでございますかと素っ気なく目をそらせた手代《てだい》の傍《かたわ》らで、お文がぷいとむくれて見せた。

「おおかた、きれいな娘さんだから見とれていたんでしょう」

「何がでございます」

「新吉はいやにあの娘さんの顔ばかり見てるって言ったの」

そういうお文の横顔はまだあどけなかった。

あの火事では思いもかけない宝を懐《ふところ》に転がりこませた者もいる。お店《たな》の金に手をつけたと疑われた新吉が、この総領の婿《むこ》にと白羽の矢を立てられたのは、あの火事の後だった。

人の一生など、ほんの腕一本のふるい具合で大きく変わる。

「お嬢様が妬《や》いてくださるなぞ新吉には望外ですが、あいにくと私はあの女の着物を見ていたのでございますよ」

「着物?」

お文は幼いなかにも懸命《けんめい》な眼差《まなざ》しで新吉を見返した。

「袖のところに大きな卒塔婆《そとば》が染め抜いてございましょう」

「ああ、地獄染《じごくぞめ》……」

新吉がうなずいた。ここ二三《にさん》年、江戸でもてはやされた柄《がら》である。およそ着物に似つかわしくない髑髏《されこうべ》やら墓石やら、奇抜を通り越して不吉というほかない諸々《もろもろ》を羽織の内側や裾《すそ》や袖に描くのが地獄染だった。ついこの間まで若い娘たちが競うように身に纏《まと》ったものだが、あの火事で纏った者ごと火にまかれ、以来江戸から姿を消していた。

「まだ残っていたのでございますね」

「新吉の好きな柄だったわね」

「はい。私は幼い時分に火を見たことがあるのでございますよ。大層美しくて、染《そめ》師《し》にもあのときの炎を描いてくれと申すのですが、見たこともないものは描けぬと言われます。道理でございますね」

するとお文はびっくりしたように目をぱちぱちとさせた。

「あれは新吉が見た火を足したものだったの。裾から背に本物のような大きな炎が描いてあって、歩くと火が動くように見えたわ」

「まだまだ……、私の思う地獄染はあんなものではございませんですよ」

「新吉が言うのなら、そうなのでしょうね」

お文の目は恋をしていた。そう思うと新吉は笑みが湧《わ》く。笑うと新吉には右側だけ八重歯がのぞいたが、それさえなければ役者にでもなれそうな男ぶりだった。

「……新吉は私が一番好きよね」

新吉はすぐには応《こた》えなかった。もう一度、いや何度でも、己《おのれ》はそう言わせてから

うなずくのだと心に決めていた。

己はあの天下第一の焔《ほのお》すら、手を汚さずに見た――。

「お嬢様が旦那様《だんなさま》に取りなしてくださったことを、新吉はよく知っていますよ」

弾《はじ》かれたように、お文が顔をあげた。

「お店の高直《こうじき》な反物が安手《やすで》に化けた……。手代はみな疑われたが、お嬢様が、新吉

だけはそんなことをしないと言ってくださったんだ。あのときのことは、新吉は生

涯恩に着ますよ」

「新吉……」

新吉は八重歯を見せてうなずいた。

「気がふれた女子《おなご》なぞ、お嬢様が相手になさることはありません。どうせお救い小

屋も今月で終《しま》いだ、すぐどこへなりと姿を消しましょう」

お文がこちらを見上げたのへ、新吉はもう一度たっぷりと微笑《ほほえ》みかけた。

十五のお文など、お袖にくらべれば子供に見える。だがこっちは呉服屋の総領だ

と、新吉は心底、己の強運が愛《いと》おしかった。

二

「おっかさん、見て」

井戸端《いどばた》に立ったおときと入れ違いで長屋に戻ったお袖は、母親が戻るのを待ちかねて上がり框《かまち》まで出て行った。

「佐吉《さきち》さんにもらったの。似合うでしょう」

お袖は薄紫《うすむらさき》の小袖の裾を得意げにひるがえした。ちりちりと、足下で炎の絵柄が生きているように動いた。

「佐吉さんて、山吹屋さんの」

「当たり前でしょう。ほかにいる？」

お袖が板間でくるりと回ったとき、袖に卒塔婆が四本、くすんだ玉子色をしてぬっとこちらに突きだして見えた。

お袖は五年前に父親を亡くし、反物を仕立てる母親のおときを手伝って暮らしている。佐吉はその二人に反物を落とし、縫いあがった着物を拾って行く山吹屋の手代である。

「どうして佐吉さんがお前にそんなものをくださるんだい」

「おっかさんは莫迦《ばか》ね」

お袖は上機嫌でぷいと背を向けた。佐吉とお袖が互いに好き合っていることはおときも知っている。佐吉はちょっと人目を引くような見場《みば》で口も滑《なめ》らかだが、母親の目からすれば万事に派手好きで金遣《づか》いが荒く、あまり好ましくはなかった。

「私はそんな柄は嫌いだけどね」

おときが言いさしてもお袖の耳には届いていない。

「佐吉さんの仕入れた柄は絶対に流行《はや》るのよ。もっと工夫をしろって、染師に指図することもあるんだから」

「だからって着物をくれるなんて尋常じゃない。ずいぶんと羽振りのいいこと」

「佐吉さんだって皆にあげてるんじゃないわよ」

おときがため息をついたとき、お袖は軽々と土間に飛び下りた。

「私、今からちょっと出ます」

「この寒いのにどこへ行くんだい、もう日が落ちるよ」

「佐吉さんとほうろく橋で会うことになってるの」

おときがもう一度ため息をつくのもかまわずにお袖は長屋を飛び出した。

十一月の夕暮れの道を荷車が砂を巻き上げて行く。その脇をお袖は顔をかばいながら小走りになった。

「佐吉さん」

橋の真ん中を過ぎたあたりに風呂敷《ふろしき》包みを首にかけた男がやって来るのを見つけて、お袖は声をかけた。

佐吉は十九、角筈《つのはず》の辺りの生まれだが、十一のときから山吹屋で奉公を始め、今では手代頭《がしら》におさまっている。すらりと背が高くて鼻すじが通り、顔だけが日々の外廻《そとまわ》りでよく灼《や》けている。目が幼子のように前のものを射抜く感じで、それがいつも八重歯をのぞかせてお袖に笑いかけてくれるのがたまらなかった。

「佐吉さん、今日はゆっくりできるの」

「そうはいかないんだ。向島《むこうじま》の別邸に店の荷を移すことになってね。私はその差《さ》配《はい》を任された」

佐吉は機嫌のいい顔でお袖を見下ろした。

江戸はもうすぐ冷たい乾《いぬい》（北西）の風が吹くようになる。ちょっとの火でもたちまち大火になって、あちこちで半鐘《はんしょう》がひんぴんと鳴る。

そんな冬場は、市街の大店《おおだな》では火を避けるための別宅へあらかじめ店の荷を除《よ》けておくことが多い。山吹屋も向島に別邸を手に入れ、今年はそこへ荷を移すのだという。その荷運びを差配することになった佐吉は、しばらくは日本橋《にほんばし》の見世《みせ》と向島の別邸の行き来で手一杯になる。

「これから一月ほど、私は湯島へは来られなくなるだろうよ」

「えっ」

お袖の頬《ほお》を突風が叩《たた》いていった。一月も会えないと思ったとたん、襟足《えりあし》にあたる風もぞっとするほど冷たくなった。

佐吉は肩にかけた風呂敷包みをとんと軽く叩いてみせた。まるで赤児《あかご》でも背負っているように丁寧《ていねい》な手つきだった。

「こうやって五本六本、いちどきに反物を背負わせてもらえるだけでも、お店の信用をそれだけ持たせてもらっているということだ。それだのに冬場の荷を全部動かせるなぞ、旦那様がどれほど私を買ってくださっているか」

「だったら佐吉さんはお店の中で、番頭さんの次にえらいってことね」

佐吉は少し首をかしげたが、満更《まんざら》でもないというふうに笑い返した。

「山吹屋さんの荷を動かすなんて、どんなに大変かしら。あんなに大きなお店だもの、らくに一月はかかるんでしょうね」

「ああ。だからこれを」

佐吉はつと懐に手を入れた。出したときにはきれいな簪《かんざし》を握っていた。

「お袖さんにはよく似合うだろう」

そう言って佐吉はお袖の髷に簪をさした。丸い珊瑚玉が、そこだけ風が避《よ》けたように赤く光った。

「こんな高直《こうじき》なものをどうやって」

「これを見て私のことを思い出しておくれ」

それだけでお袖は芯《しん》から身体《からだ》が温かくなった。

「新吉、新吉」

山吹屋では朝からお文の明るい声が響いていた。日本橋から向島へ、ちょっとした家移《やうつ》りのような騒ぎで、十五の娘の心は祭りの前のように浮き立っていた。

新吉は心底運が強かった。山吹屋は手広く商《あきな》いをしていたが江戸に縁者《えんじゃ》がほとんどおらず、総領は端《はな》から十五のお文と定まっているようなものだった。それでも常なら親戚筋《しんせきすじ》から婿を迎える算段をするところが、無理につきあいも薄い遠縁から見つけるよりもと、主《あるじ》夫婦も奉公人たちも願っているところがあった。見たことも声を聞いたこともない主に座られるより、気心の知れた奉公人あがりが主になるほうがよほど暮らしよいと誰もが考えていたのである。

「私も今夜から向島に移ろうと思うの。新吉も来てくれるでしょう」

お文が甘えたように広縁《ひろえん》に立って新吉を呼びつける。

「新吉は果報な奴《やつ》だ。お嬢様があれだけ新吉、新吉と言ってなさるんだ。儂《わし》らにつべこべ言うことなんぞできやせん」

ほんとうなら嫉妬《やきもち》の一つや二つを浴びせられ、お店で剣突《けんつく》を食わされもするものを、山吹屋ではうまくしたもので、新吉の上と下はちょうど奉公人の齢があいていた。番頭が五十すぎ、その下が四十あたりに二人、三十のところが一人で、しぜん、お文の相手をしてやるのは新吉ということが多かった。ほかはどれも十代の半《なか》ばで、新吉があてこすられるようなこともないといってよかった。

表面、揃《そろ》いの店の仕着《しきせ》を羽織《はお》っていても、新吉だけは上背《うわぜい》にぴったり沿うように身頃《みごろ》が伸びる。座っても反物を抱《かか》えてもさまになるうえ、頭の中はというと、次から次へと新しい工夫が出るようなところがあった。

衣桁《いこう》にかける着物一つ、出しておく抽出《ひきだし》の段一つ、どれをどう置くかで店の雰囲気はがらりと変わるが、それを新吉がやると店自体広く、落ち着いて見えもした。

次の時節あたり流行りそうだと多めに仕入れておけば、それがぴたりと当たって店に潤《うるお》いをもたらす。算盤《そろばん》は早いし間違えないし、二度目に来た客の顔は全部つむりに入っている。見場がいいので客あしらいも穏やかな感じがして、つい客も新吉とはうち解けて一つ余計に注文する。二日や三日なら主も番頭も店に顔を出さなくても心配はいらないというほどに新吉は役に立った。

向島への荷移しがつつがなく済んだとき、新吉は夜半《やはん》に主の居間へ呼ばれた。手焙《てあぶり》のそばには内儀《おかみ》も座っていて、新吉を見ると目を細めて茶を入れた。

「ごくろうだったね。新吉のおかげで荷移しも終わった。これでいつ空《から》っ風が吹いても山吹屋は安心だ」

新吉は素直に頭《こうべ》を垂れた。番頭さんをはじめ、皆が精一杯手伝ってくださったおかげですと、するりと言葉が出た。

主は満足そうに茶を口に含んだ。

「まだ先のことだが、お前はゆくゆくお文の婿にとも考えているんだ。それを肝に銘《めい》じて務めておくれかえ」

さすがに新吉は驚いて頭を上げた。店で皆が噂をしているのは知らぬでもない。だが主の口からそんな話を聞こうとは思っていなかった。

「新吉は誰か、言い交わした娘さんでもいるの」

内儀はちらりと亭主に目をやった。山吹屋では主のほうが入り婿で、内儀が家つき娘だった。もしも新吉がほんとうに山吹屋に入れば、主と同じということになる。

「私たちはお文も大きくしたけれど、山吹屋だって我が子のようなものなんだ。お文を嫁に出して先方と身代《しんだい》を一つにするのは愉快じゃないんだよ。そのあたりは分かっておくれだね」

新吉はもう畳《たたみ》に頭をこすりつけるようにして何度も何度も礼をしていた。

「ただし二三年は先のことですよ。お文もなんといっても十五だ、さすがにまだ早かろう。だけど話したのは、新吉にはそのつもりでいてもらいたいということでな」

これから新吉もいい年頃だ。それこそ安っぽい女につかれては山吹屋は一から考え直さなければならない。江戸という町はすんでのところで入り婿になり損ねた手代が、川辺の石のようにごろごろと転がっているところだ。

そのとき主が渋い顔をして湯呑みに手を伸ばした。

「うちもちょっと手広くやりすぎたのかもしれん」

荷が合わないんだよと内儀が畳の目を睨《にら》んでつぶやいた。なんのことか、新吉には思い当たることがあった。

「お文が、新吉は除けろというから私らも疑いはしないんだけど」

「いや、その話は止《よ》しにしとこう」

すかさず主が横から口を挟んだ。新吉はわずかに膝《ひざ》を詰めてみせた。

「まさか帳面が合わないのでございますか」

「冬の間に私ももう一度調べてみるつもりだがな」

主の声はうんとも否《いな》とも聞こえた。

己は運が強い、大丈夫だと新吉はすばやく言い聞かせている。

「それよりお前、地獄染には詳しいそうじゃないか。まあ、山吹屋も染めでは評判をとっている。うちの手代なら、そのくらいのほうがいいだろうが」

意外なことまで主は知っていた。このところ江戸で流行っている地獄染に、新吉は自分の工夫を加えてもらうことがあった。袖と裾に大きな火焔《かえん》をあしらうような図柄で、染師たちの評判も悪くはなかった。

「私も見せてもらったが、本物の火事を見るようだった。大したものだ」

山吹屋でも扱いますよと、主は思いがけないことを言った。

「あの迫力は一度見たら忘れるものじゃない。着物にすれば若い娘たちが飛びつくだろうよ」

新吉は頬が上気していくのを感じた。

正真《しょうしん》の火はあんなものではない。十年よりもっと昔、己が見た炎はどんな地獄染よりも、夕ざれの空よりも美しかった――。

新吉は目の前で音をたてて燃え上がった小さな納屋《なや》を思い出していた。母が村の若い男と密通を重ねていた場所で、火を放ったのは己の父だと、新吉も幼いながらに顚末《てんまつ》だけは知らされた。

二人を呑んだ炎は一筋の柱となって夜闇《よやみ》に突き上げた。空耳《そらみみ》か思い違いか、二人の絶叫は新吉の耳にこびりついて幾年も剝《は》がれなかった。漆黒《しっこく》の闇を切り裂いた炎は、母が男と足を絡ませたように激しく輪を描いて天へ昇っていった。

人の身を、いや己の半身を焼いてこそ炎――。

褒《ほ》められてはじめて、新吉は己に不足のものを炙《あぶ》り出されたような気がした。

新吉には自分が喉《のど》から手を出すようにして欲しているものがはっきりと分かった。摑《つか》んだも同然な呉服屋の身代ではなく、ましてや女に簪を買う金でもなく、己は火が見たい。幼い己を虜《とりこ》にした、女と男の情を呑み、己の身を焦がす稀有《けう》な炎を、己は再びこの目に焼きつけてみたい。

お文を手中に置いている運の強さはもう案じることはない。その己が、唯一手にしていないものは何か。

「まあいい。荷移しもすんだことだ。いずれ、じっくり帳面を繰ってみるとも」

主が何を言っているかも聞いていなかった。山吹屋の金ごとき、新吉にはもうどうでもいいような気がした。


夕七つ、お袖は気に入りの地獄染に身を包み、空っ風の吹きつける町を走っていた。ほんの一目でも佐吉に会えるのなら、砂埃《すなぼこり》を舞い上げる風も身を切るような冷たさも気にはならなかった。

他をまわってから戻ると言っていた佐吉は先に来て待っていた。ほうろくと刻んだ石は、たれこめた雲の下で文字が読めなくなっていた。

お袖を見つけると、佐吉は無言でそばの稲荷社《いなりしや》へ向かって歩き始めた。上がり口に五段ほどの階《きざはし》がついていて、木が濃い影を落としているその奥へ、佐吉は姿を消した。

「佐吉さん」

お袖は佐吉の背を見失いそうだった。強い風が砂を巻き上げたとき、佐吉が微笑んで振り向いた。

「お袖」

ふいに佐吉はお袖を抱きすくめた。辺りに人はいない。お袖は佐吉の襟に頰をつけて目をしばたたいた。

佐吉の手のひらがお袖の背を搔《か》き抱くようにした。

「よく聞いておくれ。お前のほかに頼める者はいないよ。こんなことになるとは思わなかった。私はただ、お前の髷にきれいな簪をさしてやりたかったのだ」

「何のこと」

珊瑚玉に伸ばそうとしたお袖の手は佐吉につかまえられた。

「簪ばかりじゃない、着物も伽羅油《きやらあぶら》も、私はなにもかもお袖に買ってやりたかった」

佐吉の手のひらが這《は》うと、お袖の背にある橙《だいだい》の炎が嬉《うれ》しそうにからみついてきた。

「私はほんとは佐吉という名ではないんだ」

お袖は思わず口元を手のひらで覆《おお》った。

「佐吉というのは私が店の外で使っていた名でね」

佐吉はふてくされたように顔をうつむけた。

このところ江戸では雨が降らず、社《やしろ》の土を空っ風が舞い上げていた。二人の着物の裾も、さっきからはたはたと音をたてて風に抗《あらが》っている。お袖の裾模様の赤い火焔の波が、まるで息をするように風に揺れている。

「どうしてそんなことをと思うか」

お袖はうなずいた。目にはじわりと涙が浮いていた。

「こんな生業《なりわい》をしていると、訪ねて行くのは女所帯ばかり……。そうでなければご亭主のいない午《ひる》さがりに長屋に居座るんだ。付け文もされるし、番頭さんは後家《ごけ》が店に訪ねて来たことがあると言っていてね」

寄る辺《べ》のない女子たちに縫い物を渡して歩く行きがかりから、つい暮らし向きのことで親身に相談に乗りもする。すげなくはしないから女のほうでも自然と頼りにして、わりない仲になることも少なくはない。佐吉はまだ丁稚《でっち》の時分に主夫婦に、用心にこしたことはないとその名を与えられたという。十人並みの容貌の番頭ですらあんなことがあった、女好きのするお前さんみたいなのは危ないんだよ、と。

「こっちはお店の名も出しているから、逃げも隠れもできない。だがお店のほうじるように、そんな者はおりませんと言ってやれるというんだ」

「佐吉さんは私にも偽《にせ》の名を使っていたの」

「お袖さんはもとは仕事で知り合った人だからな」

佐吉は怒ったようにぷいと横を向いた。その気持ちが変わったのだと、照れているようにも見えて、お袖はまたぞろ頬が熱くなる。

それを見透かしたように佐吉がお袖に笑いかけた。お袖は佐吉の笑顔はあまり好きではないが、今日のように目に翳《かげ》りがあるときは、それが逆に佐吉らしい気がする。なんの屈託もなく笑っている佐吉は、なにか丸ごと作り物でできた虚《うろ》のようなのだ。

時折《ときおり》、この人は何を見ているのだろうとお袖は思う。お袖に笑顔を見せるのも、お袖を愛《いと》しんでいるからなのか。ただ女と男が睦《むつ》み合っている、それが佐吉には好ましいだけではないのだろうか。秋の枯葉《かれは》のように、冬の藁屑《わらくず》のように、刹那《せつな》に燃え上がる女と男の関わりあいに佐吉は惹《ひ》きつけられているだけではないのだろうか。

「私のことはこれからも佐吉と呼んでくれるだろうか」

「……嘘《うそ》の名を使うの」

「お前と出会った、この己のほうがよほど本物なのだ。お店で呼ばれる名は借り物で、佐吉のほうが私の中でどんどん大きくなった。これまで佐吉と呼ばれて己だと思ったことはなかったのに」

「本物の名はなんて」

「つまらない名だ」

それだけでお袖の首はあっさりと、こくんとうなずいていた。

己は枯葉でも藁屑でもいい。女と男の関わりなど、生身《なまみ》の佐吉を愛していさえすればどうでもかまわない。佐吉がどんな男であろうと、お袖のことをどう思っていようと、些末《さまつ》なことにすぎないはずだ。

「佐吉はお店の金に手をつけた」

えっとお袖は佐吉を見返した。

「私は金なぞ持っていない。だがお袖にはどうしても地獄染を着せたかった。だからお店の金を」

何のことだろう。お袖は笑みの消えた佐吉の顔をただぼんやりと見上げていた。

「佐吉という男が……、お店で懸命に働いていた佐吉という男が、お袖を恋うあまりに狂ったのだ」

お袖が腕にすがりついたとき、佐吉はそっと囁《ささや》いた。

「私は火をつけるつもりだよ。いや、それしか道はないんだ」

「なんですって」

「今のままでは私はお店を出されるだろう。御上《おかみ》に訴えられたら処払《ところばら》いくらいでは済まない。私なんぞ牢《ろう》に入れられたら生きて出られるかどうか。いやそれよりも、十両で打ち首なんだ。私は打ち首だよ」

すうっと血の気がひいて後ろへ倒れそうになり、お袖は佐吉の袖をつかんだ。しっかりと佐吉が、その手に重ねて支えてくれる。

「なに、呉服なんぞ、煙があたれば売り物にならなくなる。火をつけるといえば大層なことに聞こえるが、近くで小火《ぼや》さえあればいい。そうすれば旦那様だって、私が苦労して向島に移した荷だけでも無事で良かったと考えを改めてくださるさ」

そのとき強い風が後ろから吹いてきた。お袖は思わず裾をおさえて背を丸めた。

「佐吉さん、あなた」

「今夜、お店を抜け出すよ。お袖も手伝ってくれるだろう」

何を言っているのと言ったのに、その声は風に消された。

佐吉の目はまっすぐにお袖を見てそらそうともしない。お袖の胸はどくどくと血の流れる音がする。

「火が出たらすぐに消すとも。だけど私はそんなに長い間、お店を空けていることはできない」

だからお袖には火を消してほしいと佐吉は言った。

お袖は涙がわいてきた。今夜、真っ暗闇の中で、お袖の目の前だけが血の池のように赤く染まっている。お袖が泣いて叩いても、火は天に届くばかりに大きくなる。

「しっかりしておくれ、お袖」

佐吉がお袖の両肩をつかんで揺さぶった。がくがくと首が据《す》わらなくて頭に血がのぼる。

「私が磔《はりつけ》になってもいいのか。それとも身ぐるみ剝がれてお店を追い出されれば満足か」

佐吉の声と風の音が一つになって、お袖に猛《たけ》り狂っている。空っ風が佐吉の声さえかき消してしまう。

「だったら私が一人でやるさ。寺の蠟燭《ろうそく》を倒すだけのことだ」

江戸はいたるところに寺がある。寺はどこも広い地面を持っていて、石畳のそばに蠟燭をたて、裸火を置いて帰る。その一本を倒せば、せいぜいが人のいない庫裡《くり》を焼くていどだと佐吉は言う。

「蠟燭を倒すだけで火がつくの」

「松明《たいまつ》を持って歩く莫迦がいるものか。火をつけるなぞ雑作《ぞうさ》もない」

佐吉はぷいと背を向けた。まるでお袖に腹を立てているようで、お袖は足から震えがくる。

「結局私は一人なんだ」

「佐吉さん？」

「礫になると知っていても誰も助けてなんぞくれない。必死で働いてきたのも山吹屋のためじゃない。いつかは暖簾《のれん》をもらってお前と所帯を持ちたかったからじゃないか。それだのにとんだところでへまをやっちまって」

お袖は佐吉の前へ回り込んだ。

「だったら私が火をつければ？　それを佐吉さんが消し止めてくれたら？」

「なんだって」

風が冷たくて耳が痛い。

「火を消すなんて途方もない。だけど蠟燭を倒すだけなら。小火を出すほうならできる」

「ほんとうか」

佐吉がお袖の肩をつかむ。お袖は空っ風の中で佐吉の目だけを見ている。

「どうやればいいの、私が火をつける。ねえ、寺へ行くのね」

佐吉がお袖の目を見てうなずいた。

「私が蠟燭を倒したら、煙が出たら、佐吉さんが火を消してくれるのね」

「ああ、私はそばで頃合を計る」

「だったら私は火をつけたらすぐ帰ったらいいのね」

「そうだよ、お袖」

お袖の目に映る佐吉は微笑んでいる。たった一人、己を守ろうとする女を見いだして、佐吉は嬉しそうに笑っている。

「ほうろく橋で……」

耳のそばで佐吉が囁いた。その声は風に消されずにはっきりと聞こえた。

「蠟燭を倒したら、ほうろく橋で待っていておくれ。火を消したら私もそこへ行くから」

お袖は佐吉の胸にもたれてうなずいた。

片方だけ八重歯がのぞく佐吉の笑顔は嫌いなはずだった。笑わない佐吉のほうがずっといいと思っていたのは、遠い、一年も昔のことのようだった。

お袖は走った。走って走って、心の臓が破れそうに打っているのに、頭だけはほうろく橋から川面を眺《なが》めているように澄みきっていた。蠟燭のあんな小さな火を倒しただけで、額《ひたい》も頰も竈《かまど》の上に顔を出したときみたいに熱く押し返された。尻餅《しりもち》をついて立ち上がったときには、炎はもうお袖の頭を越えて高く伸びていた。

佐吉さんと呼んだ声は、どこまで届いただろう。ちゃんと聞こえたろうか。それを聞いて佐吉は、きっとどこか物陰《ものかげ》でお袖を見守っていた佐吉は、お袖が一散《いっさん》に逃げ出したあと、しっかりと火を消してくれただろうか。

思っていたよりずっと火の足は早くて、お袖は長屋に戻ることができなかった。何度近づこうとしても風下《かざしも》には火が広がり、どの辻を回っても炎と人と、煙と砂埃で一寸先も見えなかった。己がどこをどう走ったのか、おときの待つ長屋がどこにあるのか、走っているうちに見当もつかなくなった。それでもほうろく橋へ行こうとしたけれど、橋は炎の向こう側にあることしか分からなくて、いつからか走ることもやめてしまった。

「おっかさん」

おときがどうなったのかも、長屋の辺りが無事なのかも分からない。ただお紬を咎《とが》めるみたいに、行く手はどこも火の海で、煙を睨んでいたら涙がこぼれるばっかりだった。

「おっかさん」

もう一度そう呼んだとき、炎に巻かれた柱がお紬のほうへ落ちてきた。それきり、お紬の目の前は真っ暗になった。

首吊《くびつ》り御本尊《ごほんぞん》

宮部みゆき

逃げて帰ったところで何にもならなかった。おとっちゃんには死ぬほどひっぱたかれたし、上総屋《かずさや》からはすぐに迎えがきた。

「おめえの給金は、もう向こう三年分もちょうだいしてあるんだ。逃げてくるなんざとんでもねえ。ちっとはみんなのことを考えろ」

おとっちゃんが怒鳴り、おかあちゃんは泣く。だがふたりとも、上総屋の番頭さんがやってくると、そろってぺこぺこ頭を下げ、捨松《すてまつ》の頭も押さえて何度もお辞儀をさせると、ただただお許しくださいとお願いするばかりとなった。

番頭さんは怖い顔はしていなかったし、首に縄をつけてもひっぱって帰ろうという様子ではなかったけれど、このまま捨松が奉公に戻らなければ、前渡しの給金は返してもらうことになるとだけ、喉《のど》にこもったような声で繰り返した。

おとっちゃんもおかあちゃんも、そのたびに、すりきれた畳《たたみ》に頭をこすりつけて謝った。それを見ていると、まだ十一の捨松にも、この世の中の道理がわかってきたような気がしたのだった。

そのことが、何よりも心にこたえた。もう帰るうちはないのだ。いや、もともと生まれたときから、うちなんてものはなかったのかもしれない。貧乏人はみんなそうなんだ。

「辛《つら》いだろうけど、おかあちゃんを助けると思って奉公しておくれ。あんたが頑張ってくれなかったら、みんなで首をくくって死ぬしかないんだよ」

おかあちゃんは、泣きながらそう言った。可哀相《かわいそう》に帰っておいでなんて、ひと言も言ってくれなかった。

番頭さんは、通町《とおりちょう》のお店《たな》まで捨松を連れ帰る道中、まったく口をきかなかった。大川を渡って吹きつけてくる冬の風が耳たぶをちぎりそうなほど冷たく感じられる朝のことだった。昨日の夕暮れ、馬喰町《ばくろちょう》までお使いに出されたとき、おうちはすぐそこだろう、おかあちゃんはすぐそこにいるぞ、渡ってこい渡ってこいと歌い招いているように見えた両国橋《りょうごくばし》――駆け出した捨松の小さい足の下で、おうちへ、生まれ育った長屋のあの小さな部屋へと捨松を運んでいってくれるように流れていった橋の木板の一枚一枚が、今朝は陽《ひ》ざしの下で、死んでしまった馬の腹の皮のように白っちゃけて見える。

「今日は飯《めし》抜きだ」

上総屋の勝手口まで帰りついたところで、番頭さんがやっと口を開いたかと思うと、たったそれだけを言った。捨松はもう涙も涸《か》れ果てていたけれど、腹の虫はぐうと鳴った。

捨松は五人兄弟の長男として生まれた。おとっちゃんは手間大工とまでもいかない日雇い職人で、そのくせ稼いだ金の大半は酒につぎこんでしまう。おかあちゃんは、にっこり笑った顔などほとんど見せることのない暮らしのなかにどっぷりと首まで浸《つ》かり、毎日毎日少しずつすりきれてゆく。

そんななかでは、むしろ、捨松が今まで奉公に出されずにいたことのほうが不思議かもしれない。もっとも、前々から話はいくつかあったらしいのだが、長屋のなかでも群を抜いた貧しい暮らしぶりと、もともとあまり明るいとは言えないおかあちゃんの顔つきと、酒を飲んでは暴れるおとっちゃんの悪い評判とが重なりあって、「あのうちの子供は手癖《てくせ》が悪い」とか、「あのうちの子供じゃ使いものになるまい」とかの噂《うわさ》が先走り、それらの話が立ち消えになっていたということもあったようだった。

それだけに、日本橋《にほんばし》通町の呉服問屋上総屋からの丁稚《でっち》奉公の話には、おとっちゃんもおかあちゃんも死に物狂いでしがみついた。

「奉公に出れば、あんたはもうひもじい思いをしなくてよくなるし、おかあちゃんたちも助かるんだよ」

おかあちゃんは捨松に説いてきかせ、どれほど辛くたって一生懸命ご奉公するんだよと、捨松の手を握って涙を流したものだ。

どうしてもどうしても辛かったら帰ってきてもいいんだよとは、言わなかった。だけど幼い捨松は、おかあちゃんも口では言えないけれども、心ではそう思ってくれているのだろうと考えていた。だからこそ、奉公の話にもうなずいたのだ。辛かったら帰るうちがある、と思ったからこそ。

だけどちがってた。もう帰るうちはない。帰っていってもおかあちゃんは泣いているだけだ。

連れ戻されたその日、すきっ腹を抱《かか》えて反物《たんもの》巻きの手伝いをしながら、捨松の頭のなかに、おかあちゃんの泣き顔が何度も何度もよみがえった。寂しくって辛くって帰りたかったよと泣く捨松のほうを見ようともせず、顔をおおって泣いていたおかあちゃんの姿が、消しても消してもよみがえった。

「またぼうっとしてやがら、見ろ、反物がゆがんじまってるじゃねえか」

ひとつ年上の丁稚に嫌というほど頭を小突かれて、それでようやく我にかえったけれど、耳の底からはおかあちゃんの泣き声が消えなかった。どうしても。

二

大旦那《おおだんな》さまがお呼びだよ——と伝えられたのは、連れ戻されてから数日後のことだった。

「今夜寝る前に、大旦那さまの御寝所へうかがうんだ。私がおまえを連れてゆくから、きちんと支度《したく》して、ぱっちり目をさましておきなさい」

大旦那さま？　旦那さまではなく？

捨松だけでなく、いっしょにいたほかの奉公人たちも、それには疑問を感じたようだった。みなが捨松の顔を見つめ、からかうような、いぶかるような表情を浮かべている。

「あい、わかりました」

手をついてきちんとお辞儀をし、捨松はそれらの視線から顔を隠した。胸がどきどきした。お暇を言い渡されるんだろうか？

その晩、約束通りに捨松を迎えにきた番頭さんは、捨松を立たせて身形《みなり》や髪を点検すると、明かりを片手に、先に立ってずんずんと廊下を進んでいった。上総屋の家屋は建てられてから五十年ほど経《た》つもので、建増しを繰り返しているために廊下は迷路のようになっている。番頭さんについて足を踏み入れたよく磨きこまれた廊下は、奉公にあがって以来、捨松が初めて足元に踏み締めるところだった。いや捨松だけでなく、女中奉公の娘たち以外は、大部分の奉公人が、こんな家の奥深くまでは入りこんだことがないに違いない。

奥の間に続く廊下を左に折れ、番頭さんは渡り廊下を渡った。外気にあたるとくしゃみが飛び出しそうになって、捨松はあわてて口元を手でおさえた。満月に近い月が青白く空を照らし、植え込みのそこここが冷たく光っている。霜がおりているんだ。

渡り廊下のとっつきの襖《ふすま》を開けると、三畳間ほどの座敷があった。番頭さんは捨松を促《うなが》してそこに正座させ、自分もきちんと膝《ひざ》をそろえて座ると、座敷の奥の襖のほうに向かって声をあげた。

「大旦那さま、捨松が参りました」

ひと呼吸おくれて、年老いた男の声が応じた。「お入り」

番頭さんが進み出て襖を開けた。行灯《あんどん》の明かりの下、床《とこ》の間のほうを頭にして延べた温かそうな布団《ふとん》の上に、小柄な老人がひとり、身体《からだ》を起こして座っていた。大旦那さまだった。

番頭さんに肘《ひじ》をつかんでせきたてられ、捨松は膝でにじるようにして仕切りの敷居のところまで進んだ。そこで頭をおさえられ、お辞儀をする。襖の向こうとこちらとでは、部屋の温かさが違っていた。

「頭をおあげ。こちらにおいで」

大旦那さまは捨松にじかに声をかけ、ついで番頭さんに言った。「ご苦労だったね。おまえはもう部屋に引き取っていいよ。捨松も、帰りはひとりで戻れるだろう」

番頭さんは少したためらったようだが、大旦那さまがもう一度うなずいて促すと、一礼して部屋を出ていった。去り際《ぎわ》に、捨松をうんと見据《みす》えて、（粗相《そそう》のないようにしろよ）と釘《くぎ》をさすことは忘れなかったが。

「こちらへおいで。襖をしめておくれ。寒いからな」

大旦那さまに言われて、捨松は急いで立ち上がり、襖をぴっちりと閉めた。また正座をし、閉めた襖の前でちぢこまる。すると大旦那さまは笑いを含んだ声で、

「そこでは話ができないね。私はもう年寄りだから、耳も遠いし大きな声も出せない。もっとこちらへ——そうだね、その火鉢のところへおいで。長い話になるから、火にあたりながら聞きなさい。今夜はもっともっと寒くなるだろう」

言われたとおりに、お芝居に出てくるからくり人形のようにして、捨松はぎくしゃくと座を移した。火鉢には炭がいっぱいにいけてあった。気がつくと、部屋の反対側の端にも同じような火鉢が据えてある。温かいわけだ。捨松には夢のようなことだった。

「眠くなってしまうだろうから、さっさと話を始めようかね」

大旦那さまはほほえんだ。年齢のせいなのかもともとそうなのか、捨松とほとんど同じくらいの背格好だ。両の耳たぶがぺったりと頭の脇《わき》にはりついているし、真っ白な髷《まげ》も捨松の中指くらいの大きさしかないくらい、髪は全体に薄くなっている。だから、頭など本当に小さく見えた。

大旦那さまはおいくつぐらいなのだろう。上総屋は今の旦那さまの代になって、もう二十年以上たつという話をきいたことがあるから、たとえば六十歳で隠居されたとしても、もう八十をこしているということになる。

「おまえをここに呼んだのは、ほかでもない、見せたいものがあったからだよ」

大旦那さまはそう言って、ゆっくりと寝床から出ようとした。だがなかなかうまく動けない。とうとう、自分でももどかしくなったのか吹き出して、

「捨松、そこの床の間に置いてある細長い箱をとって持ってきておくれ」と言った。

なるほど、色のついていない、墨だけで描いた絵の掛け軸のかけられた床の間に目をやると、黄色い菊を生けた花盆の脇に、古ぼけた細長い箱が置いてある。捨松は立ちあがり、それをそっと両手で包んで、大旦那さまのそばへと持っていった。

近寄ると、大旦那さまからは枯れ草のような匂《にお》いがした。

「これをごらん」

大旦那さまは細長い箱にかかっていた紐《ひも》を解《ほど》き、そこから巻物のようなものを取り出した。広げてみると、それは掛け軸だった。

床の間にかけてあるのと同じ、墨で描いた絵だった。上総屋に奉公にあがって初めて、捨松はこの世にそういうものを飾る家があるのだということを知ったので、床の間もそこにかけられる掛け軸も、すべてが物珍《ものめずら》しいものだった。

だが、そんな捨松の目にも、その掛け軸、そこにある絵は異様なものに映った。

描かれているのは、ひとりの男だった。商人ふうの髷を結い、縞《しま》の着物を着てい

る。番頭さんぐらいの年格好で、髪の毛は少し白くなっている。

その男は、荒縄で首を吊《つ》っていた。たしかにそういうふうに描かれている。足は地面から一尺近く浮き上がり、片方の履き物が脱げ、地面の上に裏返しになっておっこちている。

だが、それでいて、その男はにこにこ笑っているのだ。なんだか、楽しそうな顔をしているのだ。

捨松が目を見張って掛け軸を見つめていると、大旦那さまが、掛け軸の首吊り男と同じくらい楽しげな顔で笑いながら言った。

「驚いたろう。妙な絵だろう」

「……はい」

「これは、この上総屋の家宝なのだよ」

「家宝？」

「そうだ。大黒様よりお伊勢《いせ》さまより、何よりも上総屋にとって大事な神様だ。私はこれを、首吊り御本尊《ごほんぞん》さまとお呼びしているのだがね」

三

もう遠い昔のことになる——と、大旦那さまは語り始めた。

「私も昔、おまえと同じような丁稚奉公にあがった身だったことがあるのだよ。おまえよりももっと小さいとき、数えで九つの歳《とし》に、浅草《あさくさ》の井原屋という古着屋にあがったのが始まりだった」

大旦那さまも奉公人だった——そのことが、捨松を素朴に驚かせた。

「驚いたかい。この家の者ならみんな知っていることだと思っていたがね。私は丁稚奉公を振り出しに、一代でこの上総屋を興《おこ》したんだ。だからおまえの今の旦那さまが二代目ということになる。苦労知らずで困ったものだと思えることもあるが」

捨松にとっては雲の上の人である旦那さまがそんなふうに言われている。おかしいような面白いような気がした。

大旦那さまは続けた。「井原屋での私の暮らしは、今のおまえの奉公人としての暮らしより、もっともっと厳しいものだった。あのころは、世の中ぜんたいも、今よりずっと貧しかったからね」

大旦那さまは、何が面白いのか喉の奥でくくくと笑った。

「そして私も、おまえと同じような貧しい家の子供だった。家にいては食べてゆく道がなかった。だから奉公に出されたんだ」

おいらのこと、大旦那さまはずいぶんよく知っていなさる――捨松は不思議に思った。たかが奉公人、それもいちばん下っ端《ぱ》の丁稚のことを。

その疑問が捨松の顔に現れたのだろう。大旦那さまは言った。「私はこのお店の奉公人たちのことをよく知っているよ。まだまだ倅《せがれ》たちに任せきりにするわけにはいかないからね。それだから、今夜おまえをここに呼んだのだ。実はね捨松、私も一度、その井原屋からうちへ逃げて帰ったことがあったのだよ」

だが逃げ帰ってもなんにもならなかった。すぐに連れ帰られたし、家では誰も温かく迎えてはくれなかった――つい最近、捨松が身にしみて感じたことが、大旦那さまの口から言葉になって出てきた。

「そしてね捨松、井原屋に連れ戻され、私が生きた心地もしなかったときに、そこの番頭さんが私を呼んで、この話をしてくれたんだよ」

「この――首吊り御本尊さまのですか」

「そうだ。どうだね、この御本尊さまの身形《みなり》はどこかの奉公人のようだろう？」

たしかに、そうだ。

「私に話してくれた番頭さんは、名前を八兵衛《はちべえ》といった。井原屋に三十年も勤めあげて、まだ所帯も持てない住み込みの番頭だった。そのひとがね、捨松、まだ丁稚だった私に向かって、自分も昔奉公にあがったばかりのころ、寂しさと辛さに負けて家に逃げ帰って連れ戻されたことがある、と話してくれたんだ。おかしいだろう？　みんな同じようなことをしていたんだねえ。

だが丁稚の八兵衛さんは、おまえや私のようにあきらめてまた奉公しようと決めたのではなく、連れ戻されるとすぐに、死のうと思ったんだそうだ。だから夜中にこっそり寝床を忍び出て、土蔵へいった。首をくくるにはあそこがいい。折釘にぶらさがれば簡単だ」

捨松は土蔵の壁を思い浮かべた。真っ白な漆喰《しっくい》の白壁に、折釘という、頑丈な太い鉤型《かぎがた》の釘が何本か突き出している。土蔵の壁の塗り替えや屋根の補修をするとき足場を組みやすいように、また火事のときには火消しが屋根にあがる足掛かりになるようにそうしてあるのだと、奉公にあがったばかりのころ、教えてもらったことがあった。

なるほどあの折釘になら、首をくくってぶらさがることができそうだ。土蔵のところなら人目にもたたないし、あとの始末も楽だから誰にも迷惑をかけない。

「さて丁稚の八兵衛さんは、首をくろうと土蔵へ行った。古着屋のことだから、首をくるにも、使い古しのしごきかなにかを使おうと持っていったそうだ。ところがね、そこには先客がいたんだそうだ。ちょうど今夜のような満月に近い月明かりの下で、誰かが土蔵の折釘にぶらさがっているのが見えたんだそうだ」

捨松はものも言えず、大旦那さまの顔を、ついでこのおかしな首くくり男を描いた絵を見つめた。絵のなかの男はにこにこ笑いかえしてきた。

「びっくりして下から見あげる丁稚の八兵衛さんに、その首をつっている男は言ったそうだよ。『おや、こんばんは。気の毒だがここはもういっぱいだよ』」

そんなことがあるもんだろうか。いやあるわけがない。首をくっているひとが話しかけてくるなんて——。

大旦那さまはますます楽しそうだ。

「そうだろう、今のおまえと同じように、私もそんな話は嘘《うそ》だと思ったよ。だが八兵衛さんは大真面目《おおまじめ》でね。たしかに見たんだというんだよ。そして、その男にそう声をかけられたとたん、急に『ああ、そうですか失礼申しました』という気持ちになってしまったんだそうだ。折釘はまだほかにもあるから、その男のいうように

『もういっぱいだよ』ということはなかったんだが、並んで首をくろうとか、そういう気持ちにはならなんだ。急いで寝床へとって返して、布団をかぶって寝てしまったそうだ」

だが、やはり気になる。自分はもののけのたぐいを見たのかもしれない——翌朝になるとそう思った。昼間土蔵の壁を見てみても、なんにもぶらさがっていなかったから、なおさらだ。

「それで翌日の晩、もう一度出かけていった。すると男はまたそこにいた。また首をくっていて、なんとも上機嫌だったそうだ。足をぶらぶらさせて、『おや、また会ったね。こんばんは。だけどここはいっぱいだよ』と言ったそうだ。

丁稚の八兵衛さんもさすがにぞっとして、あとも見ないで逃げ出したそうだ。ところがそれを追いかけるようにして、首つり男が声をかけてきた。『ひもじかったら、おみちに頼んでみな』とね。おみちというのは、そのころ井原屋にいた女中で、ひどくとっつきの悪い怖そうな女だったそうだ。そのおみちに頼んでみな——おかしなことという、おかしな幽霊だ——そう、丁稚の八兵衛さんは、あれは幽霊だと思ったそうだ」

ところが、その「幽霊」の言うことは本当だった。

「翌日、どうにも気になるので、ひもじいよりはむしろそっちの気持ちにせかれて、丁稚の八兵衛さんは、こっそりとおみちに話してみたそうだ。とっても腹が減って辛いんだとね。するとおみちは、あいかわらずのとっつきの悪い顔のままだったが、その晩、こっそりと飯を塩梅《あんばい》して、握り飯を食わせてくれたというんだね。今までずっと、できるだけのことはしたげるよ、と言ってくれたというんだね。今までずっと、小さな丁稚たちに、そうやってこっそり飯を食わせてきたというんだね」

捨松は、魅《み》せられたような気持ちで大旦那さまを見つめた。

「それで八兵衛さんは思ったそうだ。あの土蔵の首くくり男は、亡《な》くなった井原屋の奉公人の幽霊じゃないかとな。それでその晩も、勇気を出して土蔵に出かけていったそうだ。するとやっぱり、首くくり男はそこにいた。また『こんばんは。ここはいっぱいだよ』と声をかけてきたそうだ」

丁稚の八兵衛は、真っ白な土蔵の壁を背中に足をぶらぶらさせている首くくり男を見あげ、声の震えをおさえてきいた。

（あんたは幽霊なの？）

するとくくり男はにっこり笑い、袖《そで》のなかから手を出して大きく振ると、

（違うよ）

（じゃあなんなの）

（あたしは神様さ）

丁稚の八兵衛は仰天《ぎょうてん》した。土蔵の壁からぶらさがっている神様などいるものか。

（神様ならどうしてそんなところにいるの）

（ここが好きなのさ。それに、ほかに居場所もないしね）

（あんたはなんの神様なの）

（そうさな、奉公人の神様さ）

大旦那さまはほほえんで捨松の顔をのぞきこんだ。

「毒気を抜かれるという言葉を知っているかい？　拍子《ひょうし》抜《ぬ》けするというか、そういうような意味だ。丁稚の八兵衛さんは、まさにそういうふうになってしまった。

そしてそれ以来、丁稚の八兵衛さんは、毎夜のように土蔵へ出かけていったそうだ。男は毎晩ぶらさがっていた。いつもにこにこしていた。そうしていつも『こんばんは、ここはいっぱいだよ』と言うのだそうだ。八兵衛さんは、そのうち、その男が怖くなくなってきた。それというのも、男と話してみると、女中のおみちのことのように、身の助けになることをいろいろ教えてくれるということがわかったからだ。女中たちのこと、勝手むきのこと、番頭さんのその日の機嫌、どこそこから客がきて到来物の饅頭《まんじゅう》があるからうまくするといただけるよ――そんなようなことだ。男はいつだって、いろんなことを知っていた」

捨松は、おっかなびっくりきいてみた。最初はなかなか声が出なかった。「それで丁稚の八兵衛さんは、もう死のうとか思わなくなったんですか」

大旦那さまは大きくうなずいた。「死のうとは思わなくなった。それだけでなく、奉公も、それまでほど辛いとは思わなくなったそうだ。そしてだんだんに、男の言うことを信じるようになってきた。あの土蔵の首くくり男は、本当に神様だ、奉公人の神様なんだってなあ」

そうこうしているうちに大晦日《おおみそか》がきて、元日がきた。夜になって、丁稚の八兵衛さんは、こっそり土蔵に出掛けていった。

男はやっぱりそこにいた。

「お正月だから、何かそなえましょうかときいてみると、首くくりの神様は言ったそうだ。『酒をいっぱいくれると有り難いなあ』。それで八兵衛さんは、台所に忍び込んでどうにか酒を持ち出し、男のところに持っていったそうだ。男はたいそう喜んで礼を言った。そしてしばらくすると、上機嫌を重ねて歌をうたいだしたって」

「歌ですか」

「土蔵の壁を足で蹴《け》って調子をとりながらな」

そのとき首くくりの神様がうたった歌を、番頭になった八兵衛さんは、丁稚だった大旦那さまに歌ってきかせてくれたという。

「古い謡曲とかいうものだそうだ」

人買い舟は　沖を漕《こ》ぐ
とても売らるる身を
ただ静かに漕げよ船頭どの

大旦那さまはゆっくりと調子をつけてうたってくれた。

「ずっと忘れられなかったと、番頭の八兵衛さんは言っていたよ。とても物悲しい調べのもの悲しい歌だったと」

その後も、丁稚の八兵衛さんの土蔵通いは続いた。そして、首くくりの神様に励まされながら奉公を続けているうちに、次第しだいに八兵衛さんは仕事を覚え、少しずつだがお店に慣れ、奉公人の厳しい暮らしにも慣れていった。

「半年ばかりたったあるとき、丁稚の八兵衛さんの下に、もっと小さい丁稚が入ってきたそうだ。八兵衛さんは、まだ十にもならないその子の面倒をみてやらなければならない立場になった。そんな忙しさに取り紛《まぎ》れ、土蔵通いが一日おき、二日おきとなってゆき、あるとき、とうとう十日も通っていなかったことに気がついて、夜中に寝床を抜け出して出かけてみると――」

捨松は膝を乗り出した。「出かけてみると？」

大旦那さまは静かに言った。「そこにはもう、首くくり男はいなかったそうだ。もう見えなくなっていたそうだ」

丁稚の八兵衛さんは、寂しさに泣いたそうだ――と、大旦那さまは続けた。

「だがな、自分にこう言い聞かせもしたそうだ。おいらには首くくりの神様がついている、奉公人の神様がついている。だからひとりじゃねえ、しっかり奉公していれば、必ず首くくりの神様が見ていてくださるってな」

辛抱《しんぼう》が幸《さいわ》いして、丁稚の八兵衛さんは、三十になる前に手代《てだい》の八兵衛さんになった。その後も真面目に働き続け、とうとう番頭の八兵衛さんになった。

「そしてこの絵は――」と、大旦那さまは掛け軸に手を触れた。「八兵衛さんが番頭になったときに描いた、その首くくりの神様の絵だよ。かくべつ絵心があったわけじゃあないが、一生懸命描いたら、自分でも巧《うま》く描けたと思ったそうだ。そしてこれを、八兵衛さんは大事に大事にしていた。そして、今のおまえと同じように、寂しさと辛さに負けてうちに逃げ帰り、連れ戻された丁稚の私に、これを見せて話をしてくれたのさ」

大旦那さま御自身は、とうとう一度も首くくりの神様を目にすることはなかったそうだ。だが、井原屋で奉公を続けてゆくうえで、その話と、その話をしてくれた番頭の八兵衛さんの存在は、大きな心の支えになった。

「八兵衛さんは言っていた。どこのお店のどの土蔵の折釘にも、奉公人の神様がひとりずつぶらさがっていなさる。だから、辛くても辛抱して奉公を続けていれば、かならずいいことがあるってな。神様なのにあんなふうに首をくくっておられるのは、奉公人の辛さを、自分でも味わうためなんだって、土蔵にいるのは、うんと下のほうにいる者たちのための神様だから、やっぱり、ほかにはいる場所がないからだろうってな」

大旦那さまは井原屋で手代にまで出世したが、ある程度商《あきな》いを覚えたところで、こつこつと溜《た》めていた金を元手に、思い切って独立し、古着の担《かつ》ぎ売りを始めた。それが今の上総屋の土台となった商いである。

「私が独立して井原屋を出るとき、八兵衛さんはまだ住み込みの番頭だった。ずいぶんと足腰が弱くなっていた。そして、祝いのしるしであり、形見のつもりでもあるといって、私にこの絵をくれたんだよ」

大旦那さまは、これですっかり話し終えたというように、口をつぐんでほほえんだ。捨松は、そのあとどうしていいかわからなかった。

「部屋にお戻り。私の話はそれだけだ」

そう言われて、やっと立ち上がることができた。

奉公人部屋に戻ると、八人が雑魚寝《ざこね》している北向きの座敷には、もう寝る場所などなくなってしまっていた。普通に床に入っても、誰かしらに夜着《よぎ》をとられてしまったりする捨松だ。あきらめて、部屋の隅《すみ》にうずくまり、膝を抱えて頭を乗せた。

（結局、説教かあ……）

首くくりの神様？　奉公人の神様？

そんなもの、いるわけがねえや。

四

その後、捨松は上総屋で奉公を続けたが、大旦那さまのしてくれた話を、心から信じたわけではなかった。年寄りの粋狂《すいきょう》だ、苦労話をしたかっただけだろうとも思った。私も昔は丁稚だったんだよ、か。

だが、その思いの下からのぞくようにして、あの話に心を慰められたような気分もわいてくる。それが自分では嫌だった。なんだか、手の内にはまったような気がする。

それに、奉公が辛いことに変わりはない。

ちょうど七五三の祝いのころで、七つのお祝いをするお嬢さんがいるために、上総屋の奥には革羽織の職人が祝いに来たり、角樽《つのだる》が運びこまれたり、賑《にぎ》やかなことが続いた。目の隅でそれを見ていると、なおさら、寂しさや惨《みじ》めさがつのるようだった。

そのせいだろうか、月末になってふいと、捨松は、一度土蔵を見にいってみようかという気持ちになった。助けを求めに行くのではない。確かめにいくのだ。つくり話をぶちこわしにいくのだ。

首くくりの神様なんかいるはずがない。いてたまるか。そして、それを確かめたら、今度こそこのお店を逃げ出そう。今度はうちにも帰るまい。どこかよそへいって暮らすんだ。自分ひとりの口を養うくらいならどうにでもなる。物ごいしたって、今よりはましだし腹もふくれるだろう。

ちらちらと小雪のちらつく宵だった。足音を忍ばせて廊下を抜け、ふところから履き物を出して裏庭に降りる。そして土蔵に向かった。

土蔵の壁はあくまでも白く、のっぺりと立っていた。爪先《つまさき》が冷え、手がかじかみ、頭は粉雪で真っ白になった。

鉤型の折釘が、土蔵の壁をひとめぐりしている。雪明かりのせいか、白いしっくいの壁の上に、その影が妙に黒々と浮き上がってみえるような気がした。

首くくりの神様など、どこにもいない。にこにこ顔など、どこにも見えない。ため息をついて、捨松は踵《きびす》を返した。さあ、逃げ出そう。もうこんなお店はこりごりだ。つくり話に騙《だま》されるほど、おいらは子供じゃない。

そのとき、背後で、地面の上に、なにかがぽとりと落ちる音がした。捨松は振り向いた。

とたんに、髪の毛が逆立《さかだ》った。

土蔵のいちばん手前の折釘に、おかあちゃんが、捨松のおかあちゃんが首をくくってぶらさがっている。

笑ってなどいない。苦しそうに歪《ゆが》んだ顔。ねじれた指。両目は真っ赤にふくれ、まぶたがとじずに白目が上をむいている。

さっきの音は、おっかちゃんの足から履き物が脱げて落ちた音だった。うっすらと積もった粉雪の上に、底のすりきれた履き物が、こちらに爪先を向けて転がっている。

声にならない声をあげ、捨松は土蔵に走り寄った。おかあちゃんのもとに走り寄った。だが次の瞬間には、堅くて冷たいしっくいの壁に頭をしたたかぶつけていた。

見上げる折釘からは、何もぶら下がっていなかった。

(夢……)

捨松の身体から力が抜けた。おかあちゃんの泣き声が耳の底によみがえった。しっかり奉公しておくれ、おかあちゃんを助けると思って。助けると思って。

(あんたが頑張ってくれなかったら、みんなで首をくくって死ぬしかないんだよ)

このお店を逃げ出すわけにはいかない。おいらはもう、ここから逃げるわけにはいかないんだ。

初めて、背骨の芯《しん》に何かを通されたかのようにしゃんとして、捨松はそう思った。

後年、捨松は上総屋でいちばん若い手代になった。十八歳だった。名も改め、松吉となった。

その年の春、大旦那さまが百歳で大往生をとげた。

お店の奉公人たちのあいだを、それとはなしに尋ねまわって、松吉は、ほかにも大旦那さまから「首吊《くびつ》り御本尊さま」の話を聞かされた者がいないかどうか調べてみた。だが、結局はっきりしなかった。大旦那さまの手回り品のなかに珍しい掛け軸があるという話さえ伝わってはいなかったし、ましてや、首吊り男を描いた掛け軸が上総屋の家宝であるという話など、どこをどう探しても出てこない。

あのとき見せられた掛け軸は、さてどこへ行ったのか。

大旦那さまが亡くなったあと、久しぶりに、真夜中、松吉は土蔵へと降りてみた。

もとより、折釘からは何もぶらさがっていない。

心のなかからゆっくりと、甘酒がわきたつようにして、とろりとした笑いがこみあげてきた。

あのころの俺は、やっぱり大旦那さまにおこわにかけられたらしい。

だがそのおかげで、ふた親と兄弟たちは、とりあえず、貧乏のためだけに命を落とすことはなかった。

「人買い舟は　沖を漕ぐ――」

口のなかで小さくくちずさみ、松吉はふっと笑った。

解説

細谷正充

『あやかし』『なぞとき』と好評を博した時代小説アンソロジーも、本書『なさけ』で第三弾となる。もちろん今回も、作者は全員女性。そしてテーマは人情である。時代小説ではスタンダードな題材だけに、それぞれの作家の腕前が試される。どうか六人の作家による〝なさけ〟の味を、存分に堪能していただきたい。

「善人長屋」西條奈加《さいじょうなか》

トップを切るのは、西條奈加の人気シリーズの第一作だ。作品の魅力を語るには、いささかネタバレをせざるを得ない。未読の人は、ご注意いただきたい。

深川にある千七《せんしち》長屋は、真面目《まじめ》で気のいい人ばかりが暮らしていると評判であり、今では〝善人長屋〟と呼ばれている。だがそれは表向き。長屋の差配《さはい》から住人まで、すべて裏の顔を持つ悪党なのだ。そんな善人長屋に、新たな住人が入った。錠前屋の加助《かすけ》だ。本当は錠前破りだという加助だが、差配の娘は違和感を覚える。長屋の面々がかかわった騒動を経て判明した、加助の意外な正体とは？

長屋の住人が特技を使って、引き裂かれそうな恋人たちを救う、騒動の顚末《てんまつ》が面白い。そして加助の正体が明らかになると、このシリーズの狙《ねら》いがはっきりする。悪党たちの偽りの人情と、本当の善人の人情。ふたつの人情を絡ませながら、人の情けとは何かを、ユニークな角度から活写したのである。愉快痛快な作品だ。

「抜け殻」坂井希久子《さかいきくこ》

『ヒーローインタビュー』『17歳のうた』等の現代小説で、女性を中心に多くの読者を獲得していた作者は、二〇一六年の『ほかほか蕗《ふき》ご飯　居酒屋ぜんや』から、時代小説に乗り出した。こちらの人気も高く、たちまちシリーズ化されたことは、周知の事実であろう。本作は、その作者が特別に書き下ろしてくれた秀作だ。

無愛想だが腕のいい菓子職人の伊助《いすけ》と夫婦になり、平凡だが充実した日々を過ごしていたおくめ。しかし観音様《かんのん》のお参りに行ったとき、幼い息子の栄太《えいた》が行方《ゆくえ》不明になったことで、幸せは脆《もろ》くも崩れる。いつまでたっても立ち直ることのできないおくめは、伊助から離縁されたのだ。行き場所のない彼女は、事情を知る市兵衛《いちべえ》という男の囲い者となり、抜け殻のように生きている。だがある日、栄太が見つかったという報せがあった。それを知ったおくめの選んだ道とは――。幸せな人生から一転、囲い者となったおくめ。作者は彼女に寄り添いながら、普通の道から外れてしまった女の生き方を、くっきりと屹立《きつりつ》させた。一筋縄《ひとすじなわ》ではいかない、人の心の奥底を露《あら》わにした筆致が素晴らしいのである。

また、市兵衛の描き方も面白い。おくめを囲い者にしたのは、行き場のない彼女を救うための人情だ。でも囲い者にしたからには、当たり前のように抱く。こうした酸《す》いも甘いも嚙み分けた市兵衛の在り方も、本作を深いものにしているのである。

「まぶたの笑顔」志川節子《しがわせつこ》

昨年（二〇一七年）の歴史・時代小説界は、短篇の復権といいたくなるほど、優れた作品集が多かった。そのひとつが作者の『煌《きらり》』である。元禄十六年から安政二年まで、さまざまな時代のさまざまな場所で生きる人々の哀歓を綴《つづ》った好著だ。しかしそれ以前から、作者は短篇の名手であった。連作集『ご縁の糸　芽吹長屋仕合せ帖』を読めば明らかである。本書には、その第二話を収録した。

大店《おおだな》に嫁いだおえんは、理不尽に息子を失い、さらに無実の罪によって離縁された。長屋で暮らすことになった彼女は、ひょんなことから人の縁を取り持つ〝結び屋〟を始める。嫁き遅《い》れの棺桶屋《かんおけや》の娘・彩乃《あやの》の縁談相手を探すよう頼まれたおえん。絵師の道を断念すると決心した弥之助《やのすけ》に目を付けたのだが……。

金があったら、着るかどうか分からない着物を買ってしまうような、人間臭い面を持つおえん。でも彼女は、大きな哀しみを背負っている。そんな主人公の哀しみが、不可解な態度を見せる彩乃の抱えていた哀しみと響き合う。さらにそこから、彩乃と弥之助の哀しみが、響き合うのだ。この見事な展開から、人生に躓《つまず》いた男女の再起を、鮮やかに表現してのけたのである。繰り返しになるが、作者が短篇の名手であることを、あらためて実感させてくれる作品だ。

「海の紺青《こんじょう》、空の碧天《へきてん》」田牧大和《たまきやまと》

田牧大和の短篇というと、ほとんどがシリーズ連作である。だが初期には、純然たる短篇が幾つかあった。どれも素晴らしい作品だが、〝なさけ〟というテーマを考え、本作を選んだ。

安芸《あき》の呉服問屋の娘・お芳《よし》は、見合い（という名目の顔合わせ）のために、江戸に出ることになった。相手は日本橋の呉服問屋「若狭屋《わかさや》」の若旦那《わかだんな》・辰之助《たつのすけ》だ。これに不満を抱く、お芳の弟の長太郎《ちょうたろう》は、縁談をぶち壊そうと、無理やり江戸に付いてきた。しかし初めての江戸で迷子になりかけ、なぜか辰之助と行動を共にすることになる。軽いようで商才があり、一本筋の通った辰之助を、認めざるを得ない長太郎。でも彼の胸には、縁談の件とは別の不満が秘められていた。

シスコン弟の可愛い嫉妬と思わせて、作者は途中から思いもかけない方向に物語の舵《かじ》を切る。それが何かは、読んでのお楽しみ。ある人物を想う、少年の純な情けに心を打たれるのだ。長太郎の気持ちを慰撫《いぶ》する、辰之助の言動も嬉しい。温かな読み味が堪能できるのである。

「地獄染《じごくぞめ》」村木嵐《むらきらん》

作者は、二〇一〇年、第十七回松本清張賞を『マルガリータ』で受賞し、作家デビューを果たした。天正《てんしょう》遣欧使節に選ばれた四人の少年のうち、唯一、帰国後に棄教《ききょう》した千々石《ちぢわ》ミゲルの苦渋に満ちた人生を、妻の視点から描いた重厚な歴史小説であった。以後、『遠い勝鬨《かちどき》』や『頂上至極《ちょうじょうしごく》』などの、優れた歴史小説を発表している。その一方で、『船を待つ日 古着屋お嬢と江戸湊人買い船』『火狐《ひぎつね》 八丁堀捕物始末』といった時代小説も執筆。本書に採った作品は、時代小説作家としての腕が十全に発揮されたものだ。

お文《ふみ》と新吉《しんきち》。お袖《そで》と佐吉《さきち》。呉服を商《あきな》う「山吹屋《やまぶきや》」の関係者である、二組のカップルの様子を、作者は交互に書いていく。冒頭でお袖の、変わり果てた姿が描かれているので、何らかの悲劇があったことは察せられるが、これほど無慈悲なものとは思わなかった。ある意外な事実が判明すると同時に、人の情けを踏みにじる、悪人の肖像が浮かび上がってくるのだ。タイトルになっている〝地獄染〟の使い方も効果的。テクニカルなストーリーを通じて、この世の非情無情が見つめられているのである。

「首吊《くびつ》り御本尊《ごほんぞん》」宮部《みやべ》みゆき

ラストは宮部みゆきの名作にしよう。物語の主人公は、日本橋通町《とおりちょう》の呉服問屋「上総屋《かずさや》」の、下っ端丁稚《でっち》の捨松《すてまつ》だ。まだ十一歳の彼は、両親が恋しくなり、家に逃げ帰ってしまった。でも貧にやつれた両親に、歓迎されることはなかった。残酷な現実に打ちのめされて店に戻った捨吉だが、仕事も疎《おろそ》かになりがちだ。そんな彼が、大旦那さまに呼び出される。丁稚から身を起こしたという大旦那さまが見せたのは、お店者《たなもの》らしき男が、ニコニコしながら首を吊っている絵が描かれた、奇妙な掛け軸だ。そして自分が丁稚時代に聞いた、首吊り御本尊の話を捨松に聞かせるのであった。

奉公が辛《つら》くて首を吊ろうとした丁稚が遭遇した、首吊り御本尊とは何か。御本尊自身は神様といっていたそうだが、幽霊のようでもある。いや、それ以前に、大旦那さまの話が本当かどうかも分からない。でも、それでいいのだ。真偽定かならざる話の中に、まだ何者でもない丁稚を思う、大旦那さまの人情がある。大旦那さまの話の後に、ちょっとショッキングな光景を入れて読者を驚かせながら、捨松の成長を描き切ったストーリーもお見事。アンソロジーの締めくくりに相応《ふさわ》しい逸品だ。

『あやかし』『なぞとき』、そして本書。三冊のアンソロジーにより、現在の女性作家の手になる優れた作品を纏《まと》めることができた。どれも自信を持ってお薦めできる。だから、最初から読んでよし、好きな作家から読んでよし。時代小説の精華を、存分に楽しんでほしいのである。

（文芸評論家）

出典

「善人長屋」（西條奈加『善人長屋』所収　新潮文庫）

「抜け殻」（坂井希久子　書き下ろし）

「まぶたの笑顔」（志川節子『ご縁の糸 芽吹長屋仕合せ帖』所収　新潮文庫）

「海の紺青、空の碧天」（田牧大和「小説現代」二〇〇九年一月号所収）

「地獄染」（村木 嵐「小説現代」二〇一一年五月号所収）

「首吊り御本尊」（宮部みゆき『幻色江戸ごよみ』所収　新潮文庫）

本書は、ＰＨＰ文芸文庫のオリジナル編集です。

著者紹介

西條奈加（さいじょう　なか）

北海道生まれ。2005年、『金春屋ゴメス』で日本ファンタジーノベル大賞を受賞し、デビュー。12年、『涅槃の雪』で中山義秀文学賞、15年、『まるまるの毬』で吉川英治文学新人賞を受賞。著書に「神楽坂日記」「善人長屋」シリーズなどがある。

坂井希久子（さかい　きくこ）

1977年、和歌山県生まれ。同志社女子大学学芸学部卒業。2008年、「虫のいどころ」（「男と女の腹の蟲」を改題）でオール讀物新人賞を受賞。17年、『ほかほか蕗ご飯 居酒屋ぜんや』で髙田郁賞、歴史時代作家クラブ賞新人賞を受賞。

志川節子（しがわ　せつこ）

1971年、島根県生まれ。早稲田大学第一文学部卒業。会社勤務を経て、2003年、「七転び」でオール讀物新人賞を受賞。著書に『煌』『ご縁の糸 芽吹長屋仕合せ帖』『春はそこまで 風待ち小路の人々』などがある。

田牧大和（たまき　やまと）

東京都生まれ。2007年、「色には出でじ、風に牽牛」（刊行時に『花合せ』に改題）で小説現代長編新人賞を受賞し、デビュー。著書に「鯖猫長屋ふしぎ草紙」「濱次お役者双六」「藍千堂菓子噺」「其角と一蝶」シリーズなどがある。

村木 嵐（むらき　らん）

1967年、京都府生まれ。会社勤務を経て95年より司馬遼太郎家の家事手伝いとなり、夫人である福田みどり氏の個人秘書を務めた。2010年、『マルガリータ』で松本清張賞を受賞し、デビュー。著書に『雪に咲く』『やまと錦』『地上の星』『火狐』などがある。

宮部みゆき（みやべ　みゆき）

1960年、東京都生まれ。87年、オール讀物推理小説新人賞を受賞し、デビュー。92年、『本所深川ふしぎ草紙』で吉川英治文学新人賞、93年、『火車』で山本周五郎賞、99年、『理由』で直木賞、2002年に『模倣犯』で司馬遼太郎賞、07年、『名もなき毒』で吉川英治文学賞を受賞。著書に『桜ほうさら』『〈完本〉初ものがたり』『この世の春』などがある。

編者紹介

細谷正充（ほそや　まさみつ）

文芸評論家。1963年生まれ。時代小説、ミステリーなどのエンターテインメントを対象に、評論・執筆に携わる。主な著書・編著書に、『歴史・時代小説の快楽 読まなきゃ死ねない全100作ガイド』『あやかし〈妖怪〉時代小説傑作選』『なぞとき〈捕物〉時代小説傑作選』『情に泣く 人情・市井編』などがある。

PHP文芸文庫　なさけ
〈人情〉時代小説傑作選

2018年3月22日　第1版第1刷
2021年1月26日　第1版第5刷

著　者　西條奈加　坂井希久子　志川節子　田牧大和　村木　嵐　宮部みゆき
編　者　細谷正充
発行者　後藤淳一
発行所　株式会社PHP研究所
東京本部　〒135-8137 江東区豊洲5-6-52
第三制作部　☎03-3520-9620(編集)
普及部　☎03-3520-9630(販売)
京都本部　〒601-8411 京都市南区西九条北ノ内町11
PHP INTERFACE　https://www.php.co.jp/
組　版　朝日メディアインターナショナル株式会社
印刷所　図書印刷株式会社
製本所　東京美術紙工協業組合

ISBN978-4-569-76814-4

PHP文芸文庫

あやかし

〈妖怪〉時代小説傑作選

宮部みゆき、畠中 恵、木内 昇、霜島ケイ、小松エメル、折口真喜子 共著／細谷正充 編

いま大人気の女性時代小説家による、アンソロジー第一弾。妖怪、物の怪、幽霊などが登場する、妖しい魅力に満ちた傑作短編集。

なぞとき

〈捕物〉時代小説傑作選

和田はつ子、梶よう子、浮穴みみ、澤田瞳子、中島要、宮部みゆき 共著／細谷正充 編

いま大人気の女性時代作家による、アンソロジー第二弾。親子の切ない秘密や江戸の料理にまつわる謎を解く、時代小説ミステリ傑作選。